LE

TOUR DU MONDE.

5ᵉ SÉRIE GRAND IN-8°.

LE
TOUR DU MONDE

OU

VOYAGE DANS L'UNIVERS

PAR M. PERROT.

LIMOGES
EUGÈNE ARDANT ET Cⁱᵉ, ÉDITEURS.

LE
TOUR DU MONDE.

Je voudrais, mes chers enfants, répondre à votre désir et vous faire le récit de mes nombreux voyages, vous rendre compte de quarante années de navigation dans toutes les parties du monde, tantôt d'un côté, tantôt d'un autre. J'aime mieux vous dire ce que j'ai vu de plus remarquable et de plus intéressant dans chaque pays, en les plaçant dans un ordre facile à suivre sur une carte, et en rapprochant ceux qui ont le plus d'analogie entre eux.

C'est en 1798, j'étais bien jeune, que je commençai mes voyages, faisant partie de la célèbre expédition d'Egypte, et c'est aussi par ce pays que j'entamerai ma narration.

L'EGYPTE offre une plaine sans bornes, qui, selon les

saisons, est une mer d'eau douce, un marais fangeux, un tapis de verdure ou un champ de poussière. De toutes parts un horizon lointain et vaporeux où les yeux se fatiguent et s'ennuient; enfin, vers la jonction des deux bras du Nil, on commence à découvrir dans l'est les montagnes du Caire, et dans le sud, tirant vers l'ouest, trois masses isolées que l'on reconnaît pour être les Pyramides. Dès ce moment l'on entre dans une vallée qui remonte au midi entre deux chaînes de hauteurs parallèles. Pour se peindre en deux mots l'Egypte, que l'on se représente, d'un côté, une mer étroite et des rochers, de l'autre, d'immenses plaines de sable, et au milieu un fleuve coulant dans une vallée longue de 150 lieues et large de 3 à 7, lequel, parvenu à 50 lieues de la mer, se divise en deux branches dont les rameaux s'égarent sur un terrain libre d'obstacles et presque sans pente : c'est le Delta.

Le NIL dont les sources sont encore peu connues, forme, avant d'être en Egypte, plusieurs cataractes, et a des crues périodiques qui déposent sur le sol un limon fertilisant ; ces crues, qui proviennent de grandes pluies annuelles tombées entre les tropiques, commencent vers la mi-juin et continuent jusqu'au mois d'août, époque de la haute inondation.

A l'est du Caire, ville capitale de l'Egypte, est l'isthme de Suez, qui sépare l'Afrique de l'Asie, et la mer Méditerranée de la mer Rouge. Un ancien canal, attribué à Sésostris joignait ces deux mers; mais il est comblé depuis des siècles. Le général Bonaparte, comprenant toute l'importance de cette communication, qui abrége considérablement la route de l'Europe aux Indes, à la Chine et à l'Australie, en évitant aux navires de doubler toutes les côtes de l'Afrique, a fait exécuter toutes les reconnaissances nécessaires pour en découvrir le tracé et les moyens de le rétablir. Aujourd'hui un nouveau canal de jonction des deux mers, plus direct que l'ancien, est construit; et, en dépit des entraves apportées à ce beau travail par une nation jalouse et égoïste, il a marché avec activité vers son achèvement, et la courageuse entreprise de M. Ferdinand de Lesseps a surmonté tous les obstacles. On peut juger de l'utilité de ce canal par ce seul fait, que la route de Marseille à Bombay, qui était de 5,650 lieues, a été réduite à 2,574 lieues.

Ne quittons pas les environs de Suez et de son golfe sans jeter un coup d'œil sur le mont Sinaï, près duquel est situé le couvent de Sainte-Catherine, célèbre parmi les pélerins; c'est un bâtiment carré, crénelé, aux quatre angles duquel sont de petits bastions garnis de faibles pièces d'artillerie qui n'ont jamais fait dans la montagne qu'un bruit très inoffensif, l'arsenal se compose d'un petit nombre de fusils, dont les moines ont été obligés de se servir quelquefois contre les Arabes qui venaient piller leur jardin. La porte du couvent ne s'ouvre que pour recevoir un nouvel archevêque; toutes les autres personnes qui veulent entrer dans

le monastère ou en sortir sont introduites dans une
espèce de corbeille qui les élève ou les descend.

Le Mont Sinaï est surtout célèbre par la loi que,
d'après l'Ecriture, Dieu y donna à Moïse.

Les plus remarquables des monuments de l'Egypte
sont les Pyramides, que la solidité et la masse énorme
de leur construction ont préservées des atteintes du
temps. Quel immense travail il a fallu pour élever ces
amas de pierres ! Les Pharaons venaient y interroger
les rois morts, et le peuple y pleurer la mémoire des
bons princes expirés. La plus grande des Pyramides,
élevée sous le règne de Chéops, 850 ans avant Jésus-
Christ, a près de 173 mètres de hauteur; les quatre
faces de sa base ont chacune 224 mètres de longueur.
Ce fut aux pieds de ces monuments que, le 11 juillet
1798, Bonaparte remporta la victoire qui lui ouvrit
les portes du Caire.

Près de là est le fameux Sphinx taillé dans le roc;
sa tête a 6 mètres 60 centimètres de hauteur, mais le
corps est presque entièrement enfoui dans le sable.

Entre le Caire et Suez on place la terre de Gessen,
où s'établirent les Hébreux sous la conduite de Jacob.

En remontant le Nil et après avoir suivi, en partant du
village de Karnac, une avenue de Sphinx antiques, on
arrive en face du palais de Luxor. Les monuments de grandeur colossale accumulés sur ce point ont toujours frappé
d'étonnement et d'admiration; mais on remarquait avant
tout les deux obélisques en granit rouge placés devant

le grand temple de l'ancienne Thèbes depuis plus de trois mille ans. Celui de droite, qui a 22 mètres 50 centimètres, décore depuis 1855 le centre de la place de la Concorde à Paris.

LE CAIRE, capitale de l'Egypte, est situé sur la rive orientale du Nil. C'est dans cette ville que, le 14 juin 1801, le général Kléber fut assassiné par un jeune fanatique nommé Soleyman. Ce misérable, condamné à mort, périt par le supplice du pal ; son corps a été apporté en France et son squelette est au Muséum l'Histoire naturelle de Paris.

Au sud de l'Egypte est la NUBIE, traversée par le Nil et bordée par la mer Rouge ; son climat est préférable à celui de l'Egypte. Les Nubiens ont le teint très basané, moins noir cependant que les nègres ; plus petits que les Egyptiens, ils sont bien faits et robustes ; les hommes ont pour tout vêtement un tablier de toile blanche noué sur le dos : ce tablier et le châle contrastent singulièrement avec la couleur de leur peau.

Sans nous enfoncer en ce moment dans l'intérieur de l'Afrique, nous nous rembarquerons à Alexandrie, en vue de la colonne de Pompée, d'ordre corinthien, et de 32 mètres de haut, compris sa base, et de l'aiguille de Cléopâtre, de 22 mètres 40 centimètres d'élévation Suivant à l'ouest la côte de la Barbarie, contrée dont le climat très chaud est cependant abrité des vents brûlants du désert par la chaîne de l'Atlas ; c'est le pays des animaux les plus propres au continent africain.

Le lion, la panthère, l'once, le léopard, l'hyène, le
chacal, les singes, les gazelles y sont communs, ainsi
que l'autruche, dont les belles plumes sont si recher-
chées pour la parure des femmes. Les villes sont habitées par les Maures ; les Arabes bédouins vivent sous une
tente, dont un certain nombre forme un *douar* ou
hameau. Il se trouve dans les Etats Barbaresques un
grand nombre de juifs qui sont partout fort maltrai-
tés, et qui seuls s'occupent des relations commerciales.

Dans ces contrées, l'embonpoint est le type de la
beauté ; on renferme les filles et on leur met des an-
neaux d'or ou d'argent aux pieds et aux poignets pour
qu'elles se remuent moins et qu'elles engraissent plus
vite : à cet effet on les bourre d'aliments, non sans danger pour leur santé.

L'ETAT DE TRIPOLI, le plus à l'est, a pour capitale
la ville du même nom, qui n'offre guère de remarquable que son port et le palais du pacha ; aucune de ses
maisons n'a de fenêtres sur les rues, et sont couvertes
par des terrasses où l'on vient respirer la fraîcheur de la
brise de mer.

En remontant vers le cap Bon et dépassant le golfe de
Cabès, on passe entre la Sicile et les côtes de l'Etat de
Tunis, ancien siège principal de la puissance cartha-
ginoise, habité maintenant par un mélange de Maures
et d'Arabes nomades, dont les mœurs sont en général
douces et hospitalières.

La ville de Tunis n'offre d'intéressant que le palais du Bey et le château, principal ouvrage de défense ; c'est un peu plus au nord-est que se trouvent les ruines de la célèbre Carthage, qui s'élevait sur trois collines, et offre encore quelques débris de sa splendeur passée.

Après avoir doublé le cap Serrat on arrive bientôt à la limite de la régence de Tunis pour entrer dans les eaux de l'Algérie. Le premier endroit qui se présente aux yeux est la Calle où les Français eurent longtemps un comptoir pour la pêche du corail, source alors d'un commerce considérable. Puis la ville de Bône, près de laquelle sont les ruines de l'ancienne Hippone, dont Pline raconte que les dauphins jouaient avec les petits enfants et leur prêtaient leur dos pour voyager assez avant dans la mer. Saint Augustin y mourut en 429.

Au fond du golfe de Stora est Philippeville, fondée en 1838 sur l'emplacement de l'ancienne Rusicada, et dont la population est exclusivement européenne. En remontant la côte on voit Collo, dont les environs montagneux et boisés sont le séjour d'une quantité innombrable de singes.

Bougie, sur le cap Carbon, est dominée par un château.

Plus au sud, Constantine, ville assise sur un plateau

élové que les Arabes avaient regardé comme imprenable. « C'est, disaient-ils, une pierre au milieu d'un
» fleuve ; et, d'après l'avis de nos prophètes et de nos
» marabouts, il faut autant de Français pour enlever
» cette pierre, qu'il faudrait de fourmis pour enlever
» un œuf du fond d'un pot de lait. » Cependant les
Français s'en rendirent maîtres le 15 octobre 1857.
Située à peu de distance de la mer, assez rapprochée
des frontières de Tunis pour dominer la zône qui l'en
sépare, entretenant des rapports fréquents et nécessaires avec les peuplades qui habitent les confins du
désert, Constantine a attaché sa domination sur la
province entière.

ALGER, cet ancien repaire de pirates, s'élève en amphithéâtre sur le bord de la mer et présente un aspect
fort pittoresque. Le fort de l'Empereur commande la
ville. Quoique l'Europe n'ait jamais pensé sérieusement à mettre fin aux outrages faits à l'humanité par
les Algériens, Louis XIV fit bombarder la ville en 1683,
et 1684 ; et le gouvernement anglais lui fit subir le
même châtiment en 1816. Il était réservé à la valeur
française de mettre fin à ce brigandage, et la glorieuse
expédition de 1830, en assurant la sécurité de la navigation sur la Méditerranée, a procuré à la France une
magnifique colonie.

Alger a considérablement changé depuis l'occupation
française ; la basse ville est devenue tout à fait européenne, la haute ville seule a conservé, dans les par-

ties qui avoisinent la Casbah, son ancienne physionomie mauresque.

Derrière Alger est la vaste plaine de la Mitidja et la ville de Blidah.

Après avoir passé devant Cherchell, le cap Tenez et le golfe d'Arzeu, on est vis-à-vis d'ORAN. Si Alger, par sa situation centrale, par son importance politique, par les souvenirs du passé, est la capitale de l'Algérie, Oran en est peut-être la première ville par les avantages que lui donnent sa position commerciale et la rade de Mers-el-Kébir.

La côte s'incline vers le sud jusqu'au détroit de GIBRALTAR, passage qui sépare l'extrémité nord-ouest de la Barbarie, et qui unit la Méditerranée à l'Atlantique. Ce détroit avait reçu dans l'antiquité le nom de *fretum Herculis*, parce qu'on supposait que c'était Hercule qui avait ouvert cette communication entre les deux mers en séparant les montagnes *Abyla* et *Calpe*, appelées depuis Colonnes d'Hercule.

La position de Gibraltar, situé sur un rocher très haut et très escarpé, domine l'entrée de la Méditerranée ; aussi les Anglais qui la possèdent depuis 1704 ont-ils pris toutes les précautions possibles pour la conserver.

Vis-à-vis, de l'autre côté du détroit, se trouvent les villes de CEUTA et de TANGER, sur le territoire marocain : la première appartient aux Espagnols.

L'empire du MAROC, reste des grandes monarchies

fondées par les Arabes, n'offre rien qui puisse vous intéresser. C'est un pays d'une grande fertilité, habité par des Maures qui ont la plus haute opinion de leur mérite et traitent les chrétiens de barbares. Les juifs y sont nombreux et traités partout de la manière la plus cruelle et la plus révoltante, malgré les services qu'ils rendent à un pays où ils dirigent tout le commerce.

La ville de Maroc, capitale, entourée de bois et de palmiers, renferme dans ses murs épais le palais impérial orné de marbre.

FEZ, capitale du royaume du même nom, contient deux cents mosquées, dont la principale, nommée *El-Caroubin*, est soutenue par plus de trois cents colonnes.

En suivant la côte vers le sud, on passe devant Salé, Mazagran et Mogador, et on laisse du côté opposé les îles Madère et les îles Canaries.

L'archipel de MADÈRE appartient au Portugal ; on y jouit presque d'un printemps éternel et on y cultive les végétaux communs aux climats torrides et tempérés ; son vin surtout est très estimé.

Plus au nord, l'archipel volcanique des AÇORES est aussi sous la domination Portugaise.

Les îles CANARIES, que les anciens appelaient Fortunées, offrent un délicieux climat. Le pic de Ténériffe, haut de 3,710 mètres, les signale à 50 lieues en mer. Le groupe entier est dans la dépendance espagnole.

La côte, depuis le cap Noun jusqu'au sud du cap

Blanc, borde le Sahara ou grand désert, immense étendue sablonneuse et aride, qui paraît être le lit desséché d'un antique Océan. La température y est brûlante; aucun abri n'y met l'homme à couvert des feux du soleil vertical; quelques puits épars, à de très grandes distances les uns des autres, contiennent une eau bourbeuse et fétide. Dans les endroits où il y a un peu d'humidité végètent quelques plantes dures et sèches; un très petit nombre d'espaces, arrosés par des sources qui les revêtent d'une belle verdure ombragée de palmiers, sont épars au milieu de cette mer de sable, et connus sous le nom d'*oasis*.

Des nuées de sable, tantôt courant avec rapidité, tantôt s'avançant avec une majestueuse lenteur, parcourent le SAHARA comme les trombes d'eau qui troublent l'Océan, et l'on a vu périr des caravanes entières sous ces colonnes de sable; cependant des tribus de Maures, indépendantes les unes des autres, vivent éparses dans cette affreuse contrée; ils n'ont ni lois, ni coutumes : aussi lâches que cruels, il faut plaindre les infortunés dont l'Océan a jeté le vaisseau sur les côtes inhospitalières du désert.

C'est au sud du cap Blanc, sur le banc d'ARGUIN, qu'eut lieu un des plus épouvantables naufrages, celui de la frégate LA MÉDUSE, partie de France le 17 juin 1816, pour reprendre possession de la colonie du Sénégal, sous le commandement d'officiers inexpérimentés, qui, par de fausses routes échouèrent la frégate sur ce redoutable écueil. « Le 2 juillet au matin on remarqua beaucoup d'herbes autour de *la Méduse,* et à 11 heures et demie le pilote annonça qu'on entrait sur le banc. Malgré cet avis, le commandant ordonna d'augmenter les voiles, et bientôt on ressentit une forte secousse ; la frégate avait touché. Les dispositions ordinaires pour la retirer de dessus le banc furent sans succès, et dans la nuit du 4 au 5 la mer grossit, et le maître calfat annonça qu'une voie d'eau s'était ouverte et que le bâtiment allait s'emplir. On se jeta aux pompes, mais inutilement; la carcasse était fendue, la quille se brisa en deux parties, et le lendemain, l'eau ayant déjà pénétré jusqu'à l'entre-pont. on décida qu'il fallait abandonner *la Méduse.*

Il y avait à bord six embarcations insuffisantes pour contenir les quatre cents hommes; aussi depuis 48 heures on avait préparé un radeau très imparfait, long de vingt mètres et large de sept.

Vers 7 heures du matin, le 5 juillet, on fit descendre d'abord sur le radeau 122 militaires, puis 29 marins et passagers, et une femme ; il était donc chargé de 152 personnes.

Le grand canot reçut 35 personnes, parmi lesquelle était le gouverneur et sa famille ; le canot-major reçut 42 personnes; le canot du commandant 28 ; la chaloupe 88; un canot à huit avirons 25; la plus petite embarcation 15.

M. de Chaumareys, le commandant, au lieu de rester à bord, comme l'honneur le lui imposait, s'était embarqué dans son canot. Il ne resta sur *la Méduse* que 17 individus qui ne voulurent pas se confier à la chaloupe trop chargée et peu en état de tenir la mer.

On donna le signal du départ, et le radeau, remorqué par les six embarcations, que les chefs avaient juré de ne point quitter, s'éloigna de la frégate ; mais bientôt il se produisit une confusion parmi les canots, qui s'éloignèrent successivement.

Les 152 malheureux se virent ainsi abandonnés ; ils étaient tellement serrés les uns contre les autres qu'il était à peu près impossible à aucun d'eux de se remuer. L'un des premiers soins fut de savoir si on avait des provisions ; on vérifia que l'on ne possédait seulement que six barriques de vin, deux petites pièces d'eau et un sac contenant 25 livres de biscuit mouillé et réduit en pâte. La famine était inévitable.

Le commandement avait été donné à un jeune aspirant, blessé et incapable de rendre aucun service, et le radeau était dépourvu de tout instrument et de cartes.

Vers le milieu du jour on mêla la pâte de biscuit avec un peu de vin, et on en fit 152 parts. Toute la provision, insuffisante même pour un repas, fut épuisée du premier coup. La nuit fut affreuse : on était jeté les uns contre les autres chaque fois que les lames soulevaient l'une des extrémités du radeau. Quand le jour parut, on reconnut que plusieurs hommes avaient disparu ; douze, pris par les pieds dans les pièces de bois sur les bords, avaient le corps plongé dans la mer

La faim et le désespoir commençaient à altérer la raison du plus grand nombre des naufragés.

Cependant le deuxième jour fut beau et entretint quelque espérance ; mais la nuit, le temps devint orageux ; hommes et femmes, brusquement entraînés et lancées d'un bout du radeau à l'autre, se blessaient ; quelques-uns furent étouffés.

Les soldats et les matelots furent pris d'une sorte de démence ; ils se jetèrent sur les barils de vin et burent avec excès ; alors, devenus furieux, ils s'écrièrent qu'on voulait les trahir, qu'il fallait mourir tous ensemble ; et ils tentèrent réellement de détruire le radeau. Les officiers et les passagers qui avaient conservé leur raison, au nombre de vingt seulement, s'y opposèrent ; un combat terrible s'engagea à coups de haches, de sabres, de baïonnettes et de couteaux. La lune éclairait cette épouvantable scène. Aux premières lueurs du jour on constata que, pendant la nuit, soixante à soixante-cinq hommes avaient péri ; sur ce nombre un quart s'était noyé de désespoir.

Pendant le tumulte, les deux seules barriques d'eau et deux des barriques de vin étaient tombées à la mer. Il ne restait qu'une seule pièce de vin à distribuer entre les soixante survivants.

Le matin on crut apercevoir la terre ; mais comment s'en approcher ? on n'avait qu'une seule voile ; on fit une distribution de vin, puis on chercha à pêcher avec les aiguillettes des soldats et des baïonnettes recourbées ; on ne prit rien.

Ce fut dans l'après-midi de cette journée que se produisirent les premiers actes de cannibalisme. Quelques hommes, cédant aux instincts féroces de la faim, se précipitèrent sur les cadavres dont le radeau était couvert, les coupèrent par tranches et les dévorèrent. Les personnes que ce spectacle révoltait essayèrent de manger des morceaux de baudrier de sabre, de giberne, des chapeaux, du linge ; elles ne purent y réussir.

La troisième nuit fut calme ; on était affaibli, on se pressait les uns contre les autres pour éviter de coucher dans l'eau et se soutenir debout. Au lever du quatrième jour on compta dix ou douze nouveaux morts.

Le soir un banc de petits poissons passa sous le radeau ; deux cents environ s'engagèrent entre les extrémités des pièces de bois ; à l'aide d'un briquet et d'un peu d'amadou on parvint à allumer du feu et à faire cuire ces poissons ; mais comme cette provision était très petite, quelques individus placèrent aussi sur le feu de la chair humaine. Pour la première fois les officiers et les passagers se résignèrent à goûter de cette affreuse nourriture. Depuis ce moment la révolte de l'âme et des sens étant vaincue, ils continuèrent à en prendre leur part.

On était au neuvième jour ; un papillon blanc vint voltiger au-dessus du radeau, il se posa sur la voile. Ce signe donna un peu d'espoir : on ne devait pas être éloigné de la terre ; on aperçut ensuite un goéland, nouvel augure accueilli avec joie. Le dixième jour, une troupe de requins entoura le radeau ; on les frappa à coups de sabre sans en blesser aucun. La faim, la soif, les blessures, l'affaiblissement de l'intelligence, détruisaient peu à peu la vie de chacun des naufragés ; quelques jours encore, et le radeau n'aurait plus porté que des cadavres.

Le 16, huit de ces malheureux tentèrent de construire un très petit radeau et de s'exposer dessus, espérant avoir ainsi plus de chances de gagner la terre ; mais dès qu'on voulut y mettre le pied, la machine chavira.

Le 17, un capitaine d'infanterie jeta un cri ; il venait d'apercevoir un brick à l'horizon ; on monta au haut du mât et l'on y agita des mouchoirs. Pendant une demi-heure on espéra que le brick s'approcherait, mais il disparut. Du délire de la joie on retomba dans celui du désespoir. Deux heures après, le maître canonnier s'écria : Sauvés ! voilà le brick qui est sur nous !

En effet, à une demi-lieue, le brick *l'Argus*, toutes voiles dehors, gouvernait vers le radeau ; à deux portées de fusil il cargua ses voiles et on descendit à la mer une embarcation. Les quinze naufragés restant, presque nus, incapables de marcher, furent transportés sur le navire. On leur donna un peu de bouillon, on calma le délire de plusieurs d'entre eux, et l'on parvint à soutenir leur existence.

Le 19 juillet ils étaient débarqués à Saint-Louis du Sénégal. Cinq moururent quelques jours après ; parmi les dix qui survécurent deux sont surtout connus, l'ingénieur géographe Corréard et le chirurgien Savigny.

Les canots du commandant de Chaumareys et du gouverneur arrivèrent à Saint-Louis sans accident.

Pendant la nuit du 5 au 6 juillet, la chaloupe, beaucoup trop chargée, toucha plusieurs fois ; le 6 au matin elle se trouva près de la côte, à 90 lieues environ de Saint-Louis ; les naufragés, qui souffraient tous cruellement de la soif, demandèrent à être mis à terre ; on voulut les retenir en leur laissant entrevoir les dangers qu'ils auraient à affronter dans le désert ; soixante-trois d'entre eux s'étant obstinés dans leur résolution, on les mit à terre, la chaloupe reprit le large, rencontra le plus petit canot et se chargea de quinze personnes près de périr sur cette faible barque.

Le 8, la chaloupe, le canot-major et le canot à huit avirons firent côte ; les officiers réunirent leurs équipages, les rangèrent en ordre et firent route pour le Sénégal. Le 10 on acheta aux Maures quelque peu de lait, et le 13 on arriva à Saint-Louis.

L'autre caravane, composée de 63 individus, avait pour commandant l'adjudant Petit, qui lui donna une sorte d'organisation militaire. La chaleur s'éleva dans la journée jusqu'à 60 degrés ; le soir, à l'endroit nommé *les Mottes d'Angel*, la nuit fut troublée par le rugissement des lions ; le 7 on ne put se procurer d'autre nourriture que des crabes ; pendant la nuit on entendit siffler des serpents.

Le 10, lorsque l'on donna le signal du départ, la moitié de la troupe ne se sentait plus la force de se relever ; quelques individus demandèrent à être fusillés.

Pendant la nuit, plusieurs, pris de délire, se déchirèrent le bout des doigts et en burent le sang.

Le 10 au matin, une quarantaine de Maures dépouillèrent les naufragés de tous leurs vêtements, les emmenèrent à de pauvres cabanes et leur donnèrent un peu de poisson gâté.

Le 12, les Maures furent attaqués eux-mêmes et vaincus par une bande d'indigènes qui conduisirent les Français à leur camp. On n'y trouva que de l'eau amère, des crabes crus et des racines filandreuses.

Le 17, le brick l'Argus, parut en mer, mais il ne vit pas les naufragés.

La caravane se remit en route ; le 19 on fut réduit à boire de l'urine de chameau mêlée à un peu de lait. Le 19 on rencontra M. Kernet, l'Irlandais qui avait déjà secouru l'autre compagnie de naufragés. La précipitation avec laquelle on se jeta sur les aliments qu'il avait apportés rendit malades la plupart des naufragés ; un d'eux mourut, un autre devint fou. Le même jour l'Argus reparut et envoya du biscuit et de l'eau-de-vie.

Enfin, le 25 juillet, la caravane entra à Saint-Louis ; elle était réduite à 54 hommes.

Ce fut seulement cinquante-deux jours après son abandon qu'une goëlette arriva près de la Méduse ; on trouva à bord trois des dix-sept malheureux qui avaient refusé de s'embarquer ; ils étaient couchés et presque mourants ; on apprit que le quarante-deuxième jour après le départ des embarcations, douze d'entre eux, voyant les vivres épuisés, avaient construit un petit radeau et avaient cherché à gagner la côte ; suivant toute apparence, ils avaient péri.

La plupart des naufragés durent rester longtemps alités dans l'hôpital de Saint-Louis.

En suivant la côte théâtre de ce terrible drame, on arrive aux établissements du Sénégal, région la plus chaude du globe, à cause du voisinage de l'Equateur, et plus encore des vents qui arrivent du désert. Elle est habitée par des nègres passionnés pour la musique et la danse.

La Sénégambie, dont l'intérieur est encore peu connu, nourrit beaucoup d'éléphants, de singes, d'hippopotames, de lions, de panthères et de hyènes. Sur les côtes sont des établissements Français, Anglais et Portugais.

Sur le chemin de Timbo, en Sénégambie, se trouve une très belle cascade, découverte récemment par M. Hyacinthe Hecquard. « Nous étions, dit-il, sur les bords du Kokoula, dont la largeur est, sur ce point, de 45 à 50 mètres. C'est un spectacle impossible à décrire. Précipité du haut de la montagne, se brisant sur une quantité innombrable de cascatelles, entraînant avec lui tout ce qu'il rencontre sur son passage, ce torrent court mugissant pendant un quart-d'heure sur un lit de rochers polis, traverse un défilé resserré entre deux montagnes abruptes, et se précipite tout à coup dans un gouffre de plus de 100 mètres de hauteur, au fond duquel cette masse d'eau n'arrrive qu'en pluie pour aller former un peu plus loin quinze nouvelles cascades

dont la moins élevée à 3 mètres de hauteur. Alasane me
conduisit dans divers endroits pour me faire contempler
ce phénomène dans toute sa magnificence ; mais lorsque
je voulus m'approcher du gouffre pour en apprécier la
profondeur, il me força à m'accrocher à un arbre.
Alors seulement je compris la crainte de mon guide,
car à peine avais-je voulu regarder le fond que je n'en
pouvais plus détourner les yeux : j'étais saisi d'un ver-
tige, et le vide m'aurait infailliblement attiré à lui si
je n'avais été sauvé par les sages précautions d'Alasane.
Cette chute admirable s'appelle Kambagaga. »

Saint-Louis, capitale de la colonie française, est
située sur une île du fleuve Sénégal et offre un excellent mouillage.

Gorée, sur le Cap-Vert, est à la France depuis 1667 ;
bien fortifiée, cette place est un des points les plus
respectables de la colonie.

Les Anglais ont, sur des îles de la Gambie, les forts
James et Bathurst, et les Portugais se trouvent sur le
Rio-Grande.

A l'ouest de la Sénégambie est l'archipel des îles du
Cap-Vert, et à l'est s'étend le SOUDAN ou NIGRITIE, pays
des noirs. Je ne vous parlerai que de la ville de TOM-
BOUCTOU ou Timbouctou, cité mystérieuse qui a vivement piqué la curiosité de l'Europe savante. Le major
anglais Laing l'a visitée en 1826 ; mais à son retour il
est mort victime de la férocité d'un chef de Zouâts.
M. René Caillé, voyageur français, après des peines et

des souffrances inouïes, est parvenu à Tombouctou le 20 avril 1828. C'est un centre de commerce assez important, mais cependant bien au-dessous de sa célébrité.

On attribue, dans le pays, l'origine de Tombouctou à une femme de la horde de Touariks, nommée Buktou, qui s'établit sur les bords du Niger, dans une cabane ombragée par un arbre touffu. Elle possédait quelques brebis et aimait à exercer l'hospitalité envers les voyageurs; son humble habitation ne tarda pas à devenir un asile sacré et un lieu de repos et de délices pour les tribus circonvoisines qui l'appelèrent *Tin-Buktou* (propriété de Buktou). Par suite ces tribus vinrent de tous côtés s'y grouper à l'envi et y firent un vaste camp qui fut plus tard transformé en une vaste et populeuse cité.

Dans la partie orientale de l'Afrique centrale il y a, d'après l'affirmation de plusieurs voyageurs, des anthropophages à queue, que l'on nomme les Nian-Niam. Cette queue a environ 30 centimètres de longueur, couverte de poils, et située au bas des reins. Cette peuplade a un teint fuligineux ou noir. En attendant que ce fait singulier soit confirmé, il est à remarquer qu'une tradition universelle en Ethiopie, place près de cette contrée un pays où tous les habitants sont des chiens ayant des femmes pour compagnes. Ces chiens gardent leurs vaches; leurs femmes tirent le lait et préparent les aliments.

Reprenons notre route en suivant les côtes de la

Guinée, et passant devant la colonie anglaise de Sierra-Leone et une foule de petits états indépendants les uns des autres, et gouvernés avec le despotisme le plus illimité. Je ne vous citerai que le royaume de Dahomey, dont le roi peut faire couper autant de têtes que bon lui semble. Il a 3 ou 4,000 femmes, parmi lesquelles il choisit le corps de ses gardes et les officiers qui les commandent. Quand il meurt, elles se tuent entre elles pour aller le rejoindre au tombeau.

Les Anglais, les Hollandais et les Danois ont des comptoirs sur différents points de la côte et dans les îles du golfe de Guinée ; celle de Fernando-Po, la plus considérable, appartient aux Espagnols.

C'est sur ces plages barbares que se faisait en grand la Traite des noirs ; des centaines de vaisseaux, partis des différents ports de l'Europe, allaient y chercher des milliers de nègres ; la moitié des esclaves étaient enlevés de force ou dérobés par trahison. Les Européens les attiraient à leur bord et les y retenaient captifs, ou bien, enivrés d'eau-de-vie, ils étaient saisis et transportés dans les vaisseaux. Quant aux autres, ils s'obtenaient à l'aide du commerce intermédiaire ; il existait sur les côtes des courtiers ou facteurs auxquels on s'adressait pour l'achat des esclaves. Ces malheureux, entassés et enchaînés dans la cale des bâtiments négriers, périssaient en grand nombre pendant la traversée.

En 1814, les vœux de l'humanité furent entendus les puissances européennes convinrent entre elles que la traite des noirs serait absolument détendue, et des croiseurs furent établis à cet effet sur les côtes d'Afrique par le gouvernement Français et celui de la Grande-Bretagne. Cet affreux commerce ne se fait donc plus que clandestinement.

Près du golfe de Guinée est le Gabon, où l'on a découvert récemment une nouvelle espèce de singe, le gorille, animal effrayant par sa force musculaire, la hauteur de sa taille qui atteint deux mètres, et sa ressemblance avec l'homme. Le gorille se construit des habitations avec des branchages et se sert avec adresse de lourds bâtons pour se défendre.

C'est à l'ouest des côtes de Guinée que se trouve l'île Sainte-Hélène, lieu de relâche pour les bâtiments qui font le commerce du Levant, et à jamais célèbre par le séjour et la mort de Napoléon. C'est le 16 octobre 1815 qu'il y débarqua captif, à la honte éternelle du gouvernement anglais. C'est le 5 mai 1821 qu'il y rendit le dernier soupir.

Il n'y a rien qui puisse vous offrir de l'intérêt depuis le golfe de Guinée jusqu'au Cap de Bonne-Espérance, un des points les plus remarquables du globe, dont la découverte, en 1498, exerça une grande influence sur les progrès de la civilisation et sur les relations commerciales. C'est une des colonies les plus 'mportantes des Anglais.

La ville du Cap, protégée par une forteresse et de nombreuses batteries, se distingue par sa propreté, la régularité de ses maisons, ses établissements publics, et surtout par la diversité des traits, du teint et des costumes de ses habitants. En 1824, les Anglais se sont établis au Port-Natal, dans le but principal d'obtenir des indigènes des dents d'hippopotames dont l'ivoire est plus estimé que celui des éléphants.

Au nord de cette colonie on distingue trois races différentes. Les Hottentots, nomades, dépourvus d'intelligence et surtout de mémoire ; les Bosjesmans, peuple sauvage et féroce, qu'on regarde comme incapable de civilisation, et qui vit dans les bois ; et les Cafres, qui sont vifs, actifs et dans un état d'hostilité continuelle avec les colons anglais qu'ils considèrent comme des usurpateurs.

Le long développement des côtes qui du Cap remonte vers le golfe d'Aden et borde les contrées de Sofala, Mozambique, Zanguebar et Ajan, est seul connu ; mais l'intérieur de cette partie de l'Afrique est encore tout mystérieux.

Madagascar, grande île séparée du continent africain par le canal de Mozambique, est d'une étonnante fertilité. Les Français tentèrent à plusieurs reprises, depuis 1642, d'y fonder des établissements qui ne réussirent pas et furent abandonnés. A l'ouest sont les îles Comores et à l'est les Mascareignes, comprenant l'île de France et l'île Bourbon. La première a longtemps appartenu à la France, qui en a été dépouillée par l'Angleterre qui lui rendit son ancien nom de Maurice.

L'île Bourbon ou de la Réunion est restée sous notre domination.

Après avoir traversé le golfe d'Aden on rencontre, au-delà de l'entrée de la mer Rouge, les côtes de l'Arabie ; là encore les Anglais se sont emparés de la ville d'Aden et de l'île de Périm, qui commandent la mer Rouge, comme Gibraltar commande l'entrée de la Méditerranée.

L'ARABIE, pays des contes, des illusions, de l'enthousiasme, des mille et une nuits, le paradis des sens, le berceau de l'Islamisme, offre de grands déserts où les Arabes redoutent le vent *Samiel*, dont le souffle dévorant suffoquerait le téméraire qui oserait le braver ; mais les parties fertiles donnent un café et des fruits délicieux, et nourrissent d'excellents chevaux.

Les Arabes s'abandonnent volontiers à la gaîté ; ils sont vifs et passionnés, irascibles, mais pleins de franchise, braves sans férocité, comme ils le prouvèrent dans le XIIe siècle, où ils se rendirent célèbres sous le nom de Sarrazins. Dans le désert ils sont voleurs et pillards, mais en même temps hospitaliers. La ville principale de l'Arabie est la MECQUE, patrie de Mahomet. L'ancien temple ou Kaba, que les musulmans regardent comme ayant été bâti par Abraham, qui suivant eux, obtint qu'un ange ouvrît le puits de Zemzemen en faveur d'Agar au moment de périr de soif avec son fils Ismaël. Ce temple est pavé en marbre. Le nombre des pèlerins qui chaque année viennent à la Mecque dépasse cent mille, chaque musulman devant y aller une fois en sa vie.

MÉDINE, ou ville du prophète, renferme le tombeau de Mahomet; sa mosquée, soutenue par quatre cents colonnes, est éclairée par trois cents lampes toujours allumées.

MOKA, près de l'entrée de la mer Rouge, est célèbre par l'excellence du café qu'on y récolte.

Au nord de l'Arabie et du golfe Persique, la PERSE est un des plus anciens états dont l'histoire ait gardé le souvenir, et sa fondation remonte à 536 ans avant J.-C. C'est la patrie du célèbre législateur Zoroastre. Les Persans peuvent se diviser en citadins, nomades et agriculteurs ; les premiers mènent une vie efféminée ; les nomades au contraire sont accoutumés à une vie errante, enclins au vol, susceptibles de passions ou- trées ; incapables de souffrir aucun joug, ils tiennent à honneur de vivre indomptés et farouches, ils mar- chent toujours armés. Pour les agriculteurs, ils tiennent des deux premiers, obéissent et souffrent patiemment le joug absolu de leur souverain.

Le peuple persan a eu de singulières coutumes : ainsi lorsqu'un d'eux venait à mourir, on exposait son corps au milieu des champs pour qu'il devînt la pâture des chiens et des oiseaux de proie ; si le corps ainsi exposé restait longtemps intact, les parents du mort se li- vraient aux larmes et au désespoir, persuadés que

son âme n'ayant pas expié les fautes de sa vie terrestre,
était condamnée à l'horribles supplices. Dans le cas contraire, ils se livraient à la joie, croyant qu'une par-
faite et éternelle félicité était le partage de ceux dont
les cadavres étaient dévorés peu de temps après leur
exposition.

Ispahan, ancienne capitale de la Perse, a une place
qui est une des plus vastes de l'univers.

Téhéran, capitale actuelle, offre un palais immense;
mais comme tous les édifices de ce pays, sans apparence
remarquable d'architecture; les Persans aiment mieux
orner le dedans que le dehors de leurs habitations.

C'est dans le port de Bender-Abassy que se pêchent
les plus grosses et les plus belles perles de l'univers.
L'ouverture de cette pêche se fait le matin et est an-
noncée par un coup de canon. A ce signal les bateaux
partent, les plongeurs se jettent à la mer; au moment
que l'un revient un autre s'enfonce, et tous sont attachés à une corde qui tient à l'embarcation. Le plongeur a une grosse pierre liée au pied, afin de plonger
plus vite au fond de la mer où il ramasse ce qu'il
trouve sous sa main, et remonte à fleur d'eau pour respirer en détachant la pierre. Un des grands dangers
de cette pêche est la rencontre des requins qui em-
portent quelquefois le plongeur et ses huîtres sans
qu'on en revoie jamais rien.

A l'est est l'Afghanistan, état indépendant, et plus

au sud le Béloutchistan. Ces contrées, ainsi que la Tartarie ou Turkestan appartiennent au bassin d'Aral et de la mer Caspienne.

La moitié de la TARTARIE indépendante est occupée par les Kirghiz, tribus nomades que rien ne pourra plier à une vie sédentaire ; ils sont irascibles, cruels et pillards, mais ont une grande valeur belliqueuse et supportent facilement les fatigues et les privations.

En quittant la mer d'Oman, on suit du nord au sud les côtes de l'INDE, dont le nom vient de l'Indus un de ses fleuves, et est encore désignée sous celui d'Hindoustan, ou presqu'île en-deçà du Gange, par opposition aux contrées situées à l'orient de ce fleuve et comprises sous le titre de presqu'île au-delà du Gange, et plus exactement d'Indo-Chine.

Les INDOUS, presque noirs dans le sud et olivâtres dans le nord, ont des usages qui remontent à la plus haute antiquité. Pendant que nos pères étaient vêtus de peaux de loups, qu'ils habitaient les cavernes et se subsistaient du produit de leur chasse, l'Indou vivait comme il vit aujourd'hui, couvert de riches vêtements et de pierreries. C'est un peuple doux, obligeant, mou, cérémonieux, mais avare et avide.

Les monuments les plus remarquables de cette contrée sont les PAGODES ou Temples. Un mur élevé environne une grande cour ; à l'une des extrémités est une porte étroite et basse au-dessus de laquelle est construite une tour de forme pyramidale ; cette tour est

divisée en étages, on y monte par un escalier intérieur.
Elle est percée par des jours qui sont plus petits à
mesure que l'on s'élève. Ces ouvertures produisent un
bel effet quand on les aperçoit à travers un beau soleil
de quelques massifs de verdure. Le tout est couvert de
sculptures travaillées avec soin, mais fort bizarres.

En dehors de la porte se trouve un pilier octogone
très élevé, ou bien un bâtiment percé à jour, supporté
par de hautes colonnes et dans lequel est sculpté un
taureau accroupi. Lorsque l'on a traversé la porte, on
voit dans une grande cour le temple intérieur ; à son
extrémité est un sanctuaire clos de murs qui renferme
l'idole. Toutes les parties de la Pagode sont couvertes
d'images et d'ornements de toutes les dimensions.

Le gouvernement de l'Inde n'est pas uniforme ; il y a
des règles particulières à chaque étendue un peu considérable de pays, et en général l'absolutisme domine partout. Avant que l'Angleterre fût maîtresse de l'Inde, le
Grand-Mogol était son souverain.

En 1640, les Anglais s'établirent dans ce pays, un
des plus fertiles et des plus riches de la terre ; chassés
bientôt après, ils y revinrent en 1698, et depuis cette
époque ils n'ont cessé d'y étendre leur puissance.

Les Français possèdent dans l'Inde : Pondichéry, Ka-
rikal, Janaou, Mazilipatam, Mahé, Calicut et Chander-
nagor.

A CALCUTTA, capitale des possessions anglaises, le palais du gouvernement est l'édifice le plus remarquable.

Des grandes chutes d'eau qu'on appelle cataractes, et qui, en interrompant le cours des fleuves, en rendent la navigation impossible, comptent à juste titre parmi les plus imposants, les plus magnifiques tableaux que la nature puisse offrir à l'admiration des hommes.

La cataracte de Puppanassum, dans la Carnate, est la merveille naturelle la plus imposante de cette province. On y arrive par une vallée étroite et longue, à l'issue de laquelle ce courant se précipite et forme un étang d'une profondeur inaccessible, d'où sort une nouvelle rivière dont le cours paisible serpente au travers d'une plaine à peu près de niveau avec la mer. En suivant cette vallée, bornée des deux côtés par de hautes collines, on perd souvent de vue la chute d'eau que dérobent aux regards les accidents d'une montagne dont le voyageur est obligé de suivre les contours.

Au détour d'une colline escarpée on se trouve tout à coup en face de la cataracte. Le spectacle est vraiment magnifique, et telle est l'impression extraordinaire qu'il produit sur les esprits, qu'un voyageur raconte qu'il fut obligé de fermer les yeux quelques instants, afin de se recueillir et de se remettre de la secousse qu'il avait éprouvée. En vain le bruit lointain de la cataracte semblait devoir le préparer à ses effets imposants ; la réalité surpassa son attente.

D'une hauteur de quarante-huit mètres, une masse d'eau prodigieuse se fraie violemment un passage parmi les rochers qu'elle rencontre sur sa route, et entre les-

quels elle bondit, bouillonne et siffle avec une énergie
épouvantable, frappant le roc ébranlé ; l'onde rejaillit
en tourbillons d'écume qui s'élèvent comme les fumées
d'un vaste embrasement. En se précipitant dans l'étang
profond qui s'étend au pied de la montagne, elle remplit tous les lieux d'alentour du fracas étourdissant de
sa chute. Même dans la saison des eaux basses, on l'entend mugir à la distance de plusieurs milles. Mais
quand arrive le temps de la mousson, que les orages
se sont déchaînés de toutes parts, que les torrents des
montagnes ont grossi leur cours ordinaire, alors ce
mugissement devient dix fois plus terrible.

Une portion considérable de l'Inde est encore aujour-
d'hui infestée de bêtes féroces. Une fois hors du voisinage des villes, on ne peut sans danger traverser les
jungles ou bois épais qui servent souvent de retraite
aux lions et aux tigres. Des hommes intrépides, excités
par le désir d'être utiles, peut-être aussi par l'amour
du péril, s'efforcent sans cesse de détruire ou du moins
d'éloigner ces redoutables animaux.

L'ÉLÉPHANT est, dans la CHASSE AU TIGRE, le plus puissant auxiliaire ; il y déploie un courage et une sagacit
admirables. Sa vigilance est poussée à un tel point, qu
chaque fois qu'il se trouve une branche à la hauteur de
l'homme qui est assis sur son dos, il semble pressentir,
quoique lui-même puisse facilement passer, qu'elle
peut blesser son maître, et ne manque jamais de la
briser avec sa trompe. Il sert aussi à annoncer l'appro-

che du tigre. Dès qu'il le sent, il pousse un cri aïgu ; mais c'est au moment de la lutte qu'il montre surtout l'étonnante intelligence dont il est doué : il a soin de tenir sa trompe à droite et élevée, afin d'être prêt à repousser l'attaque et à prévenir toute surprise. Malgré la prodigieuse agilité du tigre et son féroce courage, un éléphant bien dressé réussit en général à repousser ses attaques les plus furieuses. Quand il le voit froissé par sa chute ou blessé par les chasseurs, il le presse de son énorme pied et termine ainsi le combat. Quelquefois cependant l'éléphant veut s'éloigner du champ de bataille; la vie de son conducteur se trouve alors dans le plus grand danger, car le tigre peut s'élancer par derrière et le saisir avant qu'il ait pu se retourner pour se défendre.

Quelques européens s'étaient réunis à des officiers d'un régiment indien pour aller dans les jungles chasser le tigre. Ils levèrent bientôt une tigresse qui s'élança avec fureur sur les éléphants. L'un d'eux, qui n'avait pas encore été éprouvé, céda à la frayeur et se détourna; aussitôt la tigresse sauta sur le dos de cet éléphant, saisit par la cuisse le malheureux chasseur, l'entraîna à terre, puis le rejetant tout meurtri sur ses épaules, disparut avec lui dans le bois. Tous les fusils étaient dirigés sur elle: mais aucun chasseur n'osa tirer, retenu par la crainte d'être le meurtrier de celui qu'ils voulaient sauver. Ils perdirent bientôt la tigresse de vue : mais les traces de sang servirent à les guider, et ils résolurent de la suivre. A mesure qu'ils avançaient, les indices devenaient de plus en plus faibles, et ils finirent par disparaître tout à fait. Désespérés, ils allaient abandonner leur triste recherche quand l'objet qu'ils cherchaient s'offrit à leurs regards. Ils virent avec une surprise inexprimable la tigresse étendue sans vie ; la mort même ne lui avait pas fait lâcher sa proie ; il fallut, pour dégager la jambe, couper la tête à la tigresse. Après avoir reçu les premiers secours, le blessé retrouva assez de force pour expliquer le concours de circonstances auxquelles il devait la vie.

Il paraît qu'il avait perdu l'usage de ses sens au moment où l'animal l'avait saisi. En revenant à lui, se croyant perdu, il s'efforçait de se résigner à son sort, lorsqu'il se souvint des pistolets qu'il portait à sa ceinture. Après beaucoup d'efforts inutiles, il parvint à en détacher un, le tira à bout portant sur la tête de la tigresse, qui tressaillit, enfonça ses dents plus avant dans la chair, et pressa le pas. La douleur le fit évanouir de nouveau. En rouvrant les yeux, il voulut essayer s'il réussirait mieux en choisissant une autre place : prenant son second pistolet, il appuya le canon sur l'omoplate de l'animal, dans la direction du cœur, l'arme fit feu, et la tigresse expira sans jeter un cri.

Je ne vous parlerai ici du Thibet, qui borne l'Inde au nord, que pour vous signaler les Monts Himalaya, dont le sommet principal, le plus haut de la terre, est à 8,588 mètres au-dessus du niveau de la mer.

Au sud de l'Indoustan sont les archipels des Lacquedives et des MALDIVES, qui fournissent de l'ambre gris et du corail, et la grande île de CEYLAN, pays des rubis, des aromates et des beaux éléphants; remarquable surtout par le PIC D'ADAM. C'est un pèlerinage sacré et méritoire que de gravir ce cône escarpé, élevé de 2,072 mètres; au terme de l'ascension se trouve l'empreinte du pied de Bouddha; ce dieu, avant de monter au ciel, jeta du sommet de la montagne un dernier salut aux humains, et marqua son dernier pas sur la terre d'une trace ineffaçable; mais les musulmans, qui longtemps avant nous trafiquèrent dans l'Inde, ont changé les personnages de cette fable, et du pied de Bouddha ils ont fait celui du premier père Adam; ils ajoutent qu'avant de monter au paradis, Adam demeura sur cette cime, debout sur une seule jambe, à pleurer ses péchés jusqu'à ce que Dieu lui en eût fait remise. Le sommet du mont est terminé par une plate-forme entourée d'une petite muraille; le point culminant de cet enclos est un rocher sur lequel est le pas sacré, objet de la vénération des sectateurs de Bouddha. L'empreinte du pied est profonde, longue d'environ 1 mètres 50 centimètres, et large de 0 mètre 75 centimètres. Elle est ornée d'un rebord en cuivre enrichi de pierreries et surmontée d'un toit d'étoffe de couleur. Tout le rocher est couvert de fleurs qui lui donnent un air de fête et de gaîté.

Après avoir traversé le golfe du Bengale on découvre les côtes occidentales de l'Indo-Chine, ou presqu'i.e au-

delà du Gange, que les anciens nommaient Cherso-
nèse-d'Or. Elle contient les empires BIRMAN et d'ANAM,
et le royaume de SIAM, terres classiques du despotisme.
Sous peine mort les noms de l'empereur des Birmans
et du roi de Siam ne peuvent être jamais, pendant leur
vie, prononcés par aucun de leurs sujets, et on ne
confie ces noms redoutables qu'à un petit nombre de
favoris.

L'INDO-CHINE est le pays de prédilection de l'éléphant,
instrument de guerre, dans laquelle il devient un puissant auxiliaire ; il sert au transport de l'artillerie, des
munitions et du matériel de l'armée ; comme bête de
somme il remplace le cheval. En Birmanie, le gouverneur des éléphants impériaux est un des premiers
dignitaires de l'empire.

Pour s'emparer d'un éléphant sauvage, dont on a reconnu le gîte, on l'entoure d'un troupeau d'éléphants
apprivoisés, puis on lui envoie une femelle parfaite-
ment dressée à ce manège perfide. A peine averti par
un signal, les éléphants domestiques marchent devant
eux en resserrant leurs distances, et forment bientôt
une muraille vivante. Ainsi emprisonné ; le captif est
obligé de suivre le convoi pour être soumis pendant
quelque temps aux durs traitements qui doivent le
dompter entièrement.

On se figure en Europe que l'ÉLÉPHANT BLANC est con-
sidéré dans ce pays comme une divinité ; c'est une
erreur, et il ne doit qu'à sa rareté la faveur particu-

lière dont il jouit. C'est un objet de curiosité, à la possession de laquelle, soit superstition, soit autrement, le peuple attache une idée de prospérité et de grandeur. Il a un gouverneur particulier, une vingtaine de serviteurs, et habite dans une salle basse du palais impérial ; sa nourriture lui est présentée dans des vases d'or, et il est revêtu d'un magnifique caparaçon en cachemire brodé de pierres précieuses ; tout dans son entourage dénote la vénération profonde dont il est l'objet.

Un point de cette contrée nous intéresse particulièrement, c'est Saïgon, ville de l'empire d'Anam, dans la Cochinchine, défendue par une citadelle ; le port est sûr est très fréquenté. Les français ont dernièrement occupé cette ville qui offre une station très avantageuse au commerce.

A l'est de l'Indo-Chine commence cet immense archipel qui forme l'Océanie ; au sud de la presqu'île de Malacca, les îles de la Sonde, dont la première est Sumatra, île volcanique sujette à de fréquents orages, riche en substances minérales. Les Battas, qui habitent l'intérieur, sont des sauvages cannibales, qui non seulement mangent les prisonniers de guerre, comme le font les autres peuples anthropophages, mais encore les leurs dans certains cas. Ainsi la punition des crimes consiste à être dévoré. La victime est liée les mains étendues, on demande à l'offensé quel morceau il désire ; s'il choisit l'oreille, elle est coupée à l'instant, et il la mange crue avec du jus de citron et du poivre ; ou bien

il la fait griller; ensuite chacun des assistants découpe
ce qui lui fait plaisir et s'en régale. Ainsi le malheureux est réellement dévoré tout vif et avec un sang-
froid et une tranquillité inconcevables. Quand tout le
monde est rassasié, le principal ennemi du patient lui
coupe la tête, l'emporte en triomphe et la place sur le
faîte de sa maison. L'offensé a cependant le choix de re
cevoir une compensation en argent, et par bonheur pour
le coupable, souvent l'avarice l'emporte sur la gour-
mandise. Les Hollandais possèdent sur les côtes de Sumatra les comptoirs de Bengoulen, Padang et Palembang.

L'île de JAVA, séparée de la précédente par le détroit
de la Sonde, est aux deux tiers sous la domination
hollandaise, dont l'établissement principal est à BATA-
VIA, ville la plus importante de cette partie du monde.
Sourabaya est une place forte et un arsenal maritime;
on y voit un magnifique jardin rempli des plantes les
plus rares.

Les habitants de l'île de Java sont, après les indigènes, des Européens, des Chinois, des Arabes, des
Indous. Les Javanais, peuple agricole qui sort rarement
de son île, est tranquille, peu hardi, difficile à provo-
quer à des actes de violence. Un usage général veut que
dans chaque famille on tisse les étoffes dont on est
vêtu, depuis la première épouse du souverain jusqu'à
la compagne du dernier paysan, toutes se conforment
à cette règle.

Deux îles, en quelque sorte inséparables de Java,

sont Maduré et Bali, qui procurent des bois précieux.

Après les îles de Lombek, Sumbava et Floris est celle de TIMOR, où l'on rencontre fréquemment des crocodiles et une quantité de scorpions et de serpents dont la morsure est dangereuse. Il y a une haute montagne au pied de laquelle est une ouverture de 3 à 4 mètres de circonférence; pendant six mois de l'année, il en sort un vent si violent qu'il n'est pas possible de s'en approcher.

Aux environs de COUPANG, se trouve un banc considérable où l'on pêche des perles de peu de valeur. Les deux sexes laissent flotter sur les épaules leur chevelure qu'ils lavent constamment avec de l'eau et de la cendre, et à laquelle l'huile de coco donne un très beau luisant. — Un fait qui a divisé de fort honorables savants de notre siècle, est la présence de dents d'or dans la bouche des habitants de Coupang. Mais il a été reconnu qu'il ne s'agit pas ici d'un fait physiologique, mais bien d'une marque distinctive de certaines dignités. Ce sont les Radjas qui portent ces dents métalliques, et se font faire pour l'admiration de leurs sujets des dents d'argent et des dents d'or. On les place sur le devant de la bouche, afin d'accroître ainsi le charme d'un sourire accordé par les souverains Malais. — Duperrey a reconnu que de petites lames de métal étaient simplement fixées au moyen de goupilles introduites entre la dent d'or et les deux lattérales.

Les Hollandais et les Portugais se partagent à peu près la souveraineté de Timor. Le siège du gouvernement des premiers est au port Concordia de Coupang, celui des seconds à Dielly.

Au nord des îles de la Sonde est la grande île de BORNÉO, avec sa grande variété de singes. Comme dans tous les pays encore soumis à un état de grossièreté primitive, les habitants se composent de nombreuses tribus barbares ou de sauvages qui diffèrent les uns des autres par le langage et se font une guerre continuelle. Les Hollandais font le commerce sur la côte orientale. Dans la partie nord-ouest on exploite des mines de diamants.

Une des tribus les plus considérables de Bornéo est celle des Daya. Vêtus seulement d'une bande de grosse toile, ils sont en général paisibles; les querelles qui existent entre eux doivent être attribuées à l'horrible coutume d'orner leurs maisons de crânes humains qu'ils se procurent en égorgeant les individus d'une tribu différente de la leur, et à celle de parer leurs enfants de dents humaines. Les crânes des femmes et des enfants sont réputés les plus honorables, dans la supposition que les hommes ont dû faire des efforts pour les défendre; mais il est rare qu'on les obtienne par une attaque ouverte. Lorsque l'opération se fait en grand, l'usage est d'entourer un village pendant la nuit et de massacrer ceux qui en sortent au point du jour.

Plus un nomme a coupé de têtes, plus il est res-
pecté; un jeune homme ne peut se marier avant de
présenter la tête qu'il s'est procurée en décollant lui-
même un de ses semblables, et le corps d'un person-
nage marquant ne peut être enterré jusqu'à ce que son
plus proche parent ait apporté une tête fraîche.

Le détroit de Macassar sépare Bornéo de l'île de
CÉLÈBES, dont le climat est très insalubre. On y trouve
des mines d'or et des diamants. Le principal port de
l'île est Macassar, dont les Hollandais s'emparèrent
en 1650. Ils y ont bâti un fort et ils y entretiennent
une garnison. Cet établissement et très avantageux,
soit à cause des productions du sol, soit à cause de sa
situation.

Les MOLUQUES, dites îles des Epices, sont aussi sous
la domination hollandaise; elles renferment un grand
nombre de volcans. La nature en prodiguant à ces îles
tous les riches végetaux épices dont les produits ali-
mentent le reste du monde, est cause de l'esclavage où
vivent les habitants, qui, subjugués jadis par les Arabes,
passèrent plus tard sous le pouvoir des Portugais auxquels ont succédé les Hollandais, changeant ainsi
trois fois de maîtres depuis sept siècles.

L'île d'AMBOINE, l'une des Moluques, est importante
par la culture du giroflier, qui s'y fait depuis des siècles, c'est une des sources de la richesse des Hollandais. Les indigènes d'Amboine sont des Haraforas,

sauvages qui vivent dans les forêts. Les Malais, établis depuis longtemps dans l'île, et qui ont repoussé les Aborigènes dans le fond des bois, sont indolents et efféminés, et cependant audacieux. Ils ont pris peu à peu le costume des Hollandais, qu'ils cherchent à imiter en tout.

Plus au nord, les Philippines, dont les îles principales sont Mindanao et Luçon, appartiennent aux Espagnols, qui y font un important commerce de tabac, de sucre, de coton, d'indigo, etc.

Les naturels, partagés en un grand nombre de tribus, sont doux, hospitaliers, et en grand nombre convertis à la religion chrétienne.

Manille, ville et port principal de l'île de Luçon, est la capitale des établissements espagnols dans cette partie du monde. Nous devons y signaler une manufacture de cigares qui occupe environ 8,000 femmes et 4.000 hommes.

Si nous redescendons au sud, nous passons près de la Nouvelle-Guinée, grande île dont la surface excède au moins d'un tiers celle de la France, mais dont l'intérieur est complètement inconnu. Elle est habitée par les Papous, hommes de petite taille, qui se distinguent généralement par l'habitude qu'ils ont de laisser croître leur chevelure laineuse et de la peigner de manière à lui donner la forme la plus ébouriffée. Les sauvages des côtes ont dans le nez un bâtonnet qui en traverse la cloison et qui est un diminutif de celui qui portent les Alfourons ou peuple de l'intérieur, célèbres parmi les peuples riverains pour leur férocité. Si les Papous qui habitent les parties méridionales et occidentales passent pour avoir ce naturel féroce, ceux de toutes les parties septentrionales, au contraire, paraissent d'une grande douceur, et plus disposés à fuir à la vue des européens qu'à leur nuire. Ils se peignent le corps avec de la poussière rouge ou blanche. La plupart des Papous ont le corps chargé de cicatrices provenant des flèches qu'ils se lancent avec une merveilleuse adresse ; aussi un Papou est tellement habitué à se défendre, qu'il ne ferait pas la moindre excursion sans avoir avec lui une provision considérable de flèches ; le pêcheur, seul dans sa frêle pirogue, en darde le poisson. Les armes à feu lui font peur ; il est peu de Papous qui osent tirer le fusil.

A l'est de la Nouvelle-Guinée se groupent de nombreux archipels, celui de la NOUVELLE-BRETAGNE, dont les habitants ont beaucoup d'analogie avec les Papous. Les habitants de la Nouvelle-Bretagne sont hospitaliers, tempérants, mais peu disposés à se lier avec les européens. Ils vont entièrement nus; leur tête, leur cou, leurs oreilles portent des ornements, et leur nez est décoré de petites plumes ou de dents placées dans le cartilage.

L'archipel de la LOUISIADE est aussi peuplé d'hommes appartenant à la race des Papous.

L'archipel SALOMON est très fertile, mais ses habitants ont la réputation d'être très sanguinaires. C'est à l'est de ce dernier groupe d'îles que se trouvent les îles Santa-Cruz, ou de la Reine-Charlotte ; les îles VANIKORO, ou Mallicolo, qui font partie de cet archipel, ont été le théâtre du naufrage et de la mort de La Pérouse.

Né en 1741, à Albi, garde de la marine à quinze ans, LA PÉROUSE a prouvé autant de capacité que de courage dans diverses expéditions contre les Anglais. Louis XVI, en 1785, lui confia les frégates *la Boussole* et *l'Astrolabe* pour un voyage de découverte. Il partit le 1er août 1788. Pendant trois ans on put suivre ses traces, frémir de ses dangers, applaudir à ses explorations ; puis il disparut tout à coup : son sort demeura longtemps un problème, et ce ne fut qu'en 1828, après bien des indices vagues, bien des recherches infructueuses, que les débris de son naufrage furent recueillis par Dumont-d'Urville dans les îles Vanikoro. Dumont-d'Urville éleva sur le rivage un monument à ses infortunés compatriotes, et retira du fond de la mer un nombre considérable d'objets déposés aujourd'hui au musée maritime de Paris.

Laissons pour le moment ces innombrables îles qui sont éparses sur l'Océan comme les étoiles le sont au ciel, et abordons le vaste continent de la Nouvelle Hollande.

L'aspect général de ce pays a une physionomie propre : la nature, en le créant, lui a imprimé un caractère spécial dont rien ne peut donner l'idée. La Nouvelle-Hollande ne ressemble qu'à elle : aspect géologique, règnes végétal et animal, rien ne rappelle ce que l'on voit ailleurs.

Les habitants sont disséminés par familles éparses sur les bords des rivières ou dans les baies nombreuses qui morcellent les côtes. Ils sont empreints d'un cachet tout particulier qui les caractérisent. Il y a peu de races sauvages plus grossières et plus misérables que celles de la Nouvelle-Hollande ; elles sont assurément au plus bas de l'échelle des sociétés humaines ; on dirait qu'une partie de leur vie est abandonnée à l'instinct, comme celle des animaux ; ces hommes sont généralement fort laids ; leurs traits grossiers sont rendus encore plus repoussants par le morceau d'os qu'ils font passer à travers la cloison de leur nez. Malgré la rigueur de leur climat durant l'hiver, ils vivent habituellement nus, aiment beaucoup à se barbouiller le corps avec de la terre rouge quand ils doivent se battre, blanche pour danser. Leur intelligence a dû naturellement se ressentir de l'infériorité du sol et des misères auxquelles ils sont soumis. La liberté semble être pour ces noirs un besoin de première nécessité ; aussi sont-ils soigneux de conserver leur indépendance au milieu des cantons rocailleux où ils habitent en plein air, et leur abrutissement est tel, qu'en vain on a essayé d'améliorer leur position, en bâtissant pour eux des maisons et des sortes de villages, ou en leur fournissant des moyens de subsistance plus agréables ; ils se sont

refusés à l'adoption de ces premières idées de civilisation et de toutes les habitudes sociales que leur montrent
chaque jour les européens. Ils n'ont pris que les vices
dégoûtants et un goût désordonné pour les liqueurs
fortes.

Je vous ai fort peu parlé des animaux des pays que
nous venons de parcourir; mais ici ils ont une physionomie si étrange, et affectent des formes si opposées à
ceux que l'on rencontre ailleurs, que vous me saurez
gré de m'étendre un peu à leur sujet.

Les marsupiaux, animaux à bourses, sont propres
surtout à la Nouvelle-Hollande, ils viennent au monde
à peine ébauchés et se greffent en quelque sorte à la
tétine de leur mère pour y achever leur développement. Chez la plupart la peau du ventre forme au-de-
vant des mamelles une poche servant à loger les petits
pendant que leur mère les allaite. Les petits, incapables
d'aucun mouvement, et ayant à peine des formes distinctes, restent pendant un certain temps fixés aux
mamelles et cachés dans la poche dont nous venons de
parler. Ils ne s'en détachent que lorsqu'ils sont revêtus
de poils, que leurs yeux se sont ouverts, et qu'ils peuvent commencer à prendre d'autre nourriture que le
lait. Longtemps après qu'ils sont sortis de cette poche,
on les voit encore s'y réfugier pour se préserver d'un
danger.

Le koula est de la grosseur d'un chien médiocre; cet
animal a le poil long et touffu, grossier, brun; il a le

port et la démarche d'un petit ours, grimpe aux arbres avec beaucoup de facilité.

Les phalangiers volants ressemblent un peu aux écureuils : un prolongement de la peau des flancs qui réunit les membres entre eux et qui constitue de chaque côté du corps une espèce de parachute, permet à l'animal de se soutenir un peu en l'air quand il saute d'un arbre à un autre.

Les kangourous sont remarquables par la petitesse de leurs pattes antérieures par la longueur de leur train de derrière et de leur queue, sur lesquels ils se posent verticalement comme sur un trépied ; à l'aide de ces grandes pattes, ils sautent très bien. Les kangourous semblent devoir dans peu de temps s'acclimater en Europe.

Les échidnes, assez semblables aux hérissons, parce qu'ils sont couverts en dessus de piquants nombreux auxquels se mêlent des poils, tandis qu'en dessous il n'y a que des poils ; leur museau allongé est terminé par une petite bouche sans dents, contenant une langue très longue, qu'ils étendent au-dehors pour s'emparer des insectes dont ils font leur nourriture.

Les ornithorhynques, dont le corps est petit, de forme allongée, ont la tête petite, la queue très forte, courte, aplatie, aussi large que le corps à son origine ; les membres fort courts. Le museau est terminé par un bec corné semblable à celui d'un canard. Ils vivent comme ce dernier, en tamisant pour ainsi dire la vase des petites rivières qu'ils habitent, pour en séparer les insectes et les larves.

Les dasyures vivent à la manière des fouines et des renards, se tiennent cachés dans les creux des rochers, chassent la nuit les petits animaux et les insectes ; ils sont très voraces, s'introduisent dans les habitations où ils font les mêmes dégâts que les fouines.

Les phascolomes ont les dents, les intestins des rongeurs et quelques caractères des carnassiers, l'organisation marsupiale, et offrent un des nombreux exemples des lois d'exception que présente la Nouvelle-Hollande.

L'Océanie est la patrie des oiseaux les plus brillants de l'ancien continent ; si le cygne d'Europe offre un plumage d'un blanc sans tache, celui de la Nouvelle-Hollande est d'un noir profond. Ce serait outre-passer les bornes de ce récit que de s'étendre longuement sur les espèces rares et curieuses qui peuplent cet étrange climat ; nous ne pouvons nous empêcher toutefois de citer quelques oiseaux des plus remarquables parmi ceux qu'on y trouve. En première ligne sont ce superbe ménure, dont la queue est l'image fidèle de la lyre ; ce loriot prince-régent, dont la livrée est mi-partie de jaune d'or et de noir de velours ; ces oiseaux satin, ces cassicans variés, ces phélédons nombreux, ce seytrops, dont le bec imite celui du toucan, ce casoar austral, grand comme l'autruche, etc. D'affreux reptiles pullulent aussi dans cette contrée.

Les Anglais, sous le prétexte que Cook avait découvert la côte orientale de la Nouvelle-Hollande, s'arrogèrent le droit de s'emparer de la meilleure partie du pays, et y fondèrent une colonie en 1788, sous le nom de Nouvelle-Galles du Sud. La ville de Sydney, capitale, repose sur le bord du Port-Jackson, à 4 lieues nord de Botany-Bay.

Au sud-est de la Nouvelle-Hollande est l'île nommée TERRE DE DIÉMEN, ou TASMANIE, dont les indigènes, très disséminés, offrent par leur conformation physique, une plus grande ressemblance avec la race nègre qu'avec les indigènes de la Nouvelle-Hollande. Découverte en 1642, par le navigateur Hollandais Abel Janson Tasman, les Anglais s'y établirent en 1804.

En se dirigeant à l'est, on rencontre la NOUVELLE-ZÉLANDE, langue de terre, antipode de la France divisée en deux îles, Ika-na-Maouï et Tavaï-Pounamou. Tasman les découvrit en 1642, et Cook en détermina la figure en 1769. Le sol de la Nouvelle-Zélande est excellent et peut supporter toute espèce de culture : le plus beau lin du monde y croît spontanément.

Les Zélandais sont en général grands et bien faits, ils ont la face presque entièrement couverte d'un tatouage symétrique ; ces insulaires sont essentiellement belliqueux ; leurs chants, leurs danses, leurs jeux ne respirent que la guerre, ils sont ennemis implacables, épargnent rarement les vaincus ; plus d'un équipage européen en a fait la triste expérience. On a pourtant vu chez ces barbares quelques exemples de sensibilité. Vers 1816, un navire fut envahi et livré aux flammes

par ces sauvages, tous les matelots furent massacrés ;
un seul d'entre eux, John Rutherforth, dut la vie à la
pitié d'un chef ; sa jeunesse et ses larmes émurent le
guerrier Zélandais qui le protégea, le fit tatouer et lui
donna ses deux filles en mariage. L'Anglais vit s'écou-
ler dix ans sans pouvoir échapper à cette vie sauvage.
Enfin, en 1826, un navire américain faisant voile près
de la côte, il fut envoyé à bord par ses féroces compagnons qu'il devait, disait-il, rendre maîtres de cette
belle prise ; Rutherforth se hâta de faire prendre le
large au vaisseau menacé d'un sort affreux, et bientôt
il revit sa patrie.

En 1820, *le Boyd,* portant 70 hommes, était prêt à
faire voile de Sydney pour se rendre en Angleterre ;
il arrive un Zélandais nommé Georges, qui, après avoir
servi plusieurs années sur les baleiniers, désirait retourner dans son pays, à la baie de Wangaroa, où son
père était un des chefs ; il promit au capitaine des bois
de construction fort abondants dans les possessions de sa
famille, et finit par le décider à toucher à la Nouvelle-
Zélande. Dans la traversée, Georges, accusé de vol, reçut
le châtiment du fouet. Profondément blessé, il **dissi-**
mula ses desseins de vengeance.

Le Boyd arrive à la baie de Wangaroa, Georges descend à terre, remue ses compatriotes, les excite par
ses plaintes et par l'espoir du pillage ; tout réussit à son
gré ; le capitaine, accompagné de vingt-cinq hommes,
se rend dans les bois sans la moindre défiance ; on l'entoure de démonstrations amicales, et peu à peu, sous

divers prétextes, tous les européens sont séparés les uns des autres.

D'un coup de massue Georges assomme le capitaine par derrière, et au même instant tous les matelots tombent assassinés. Ce n'est pas tout : les sauvages se couvrent des vêtements de leurs victimes, dont les cadavres sont abandonnés aux femmes chargées de les préparer pour le festin ; ils s'emparent des embarcations, et trompant, à la faveur de leur déguisement, la surveillance des matelots demeurés à bord du *Boyd,* ils y montent sans opposition. En un clin-d'œil toutes massacré ; sur le soir de sinistres clartés illuminent la côte ; soixante-dix-huit cadavres dépécés sont à cuire, et des groupes d'hommes et de femmes les entourent en dansant et en poussant des hurlements féroces. Pendant toute la nuit ces cannibales se gorgèrent de chair humaine ; mais le lever du soleil éclaira un épouvantable châtiment.

Les meurtriers s'étaient rendus à bord pour s'y livrer au pillage, et avaient éparpillé la poudre sur le pont inférieur, sans prendre la moindre précaution. Un chef, essayant le fusil que lui avait donné le sort, enflamme des parcelles de cette poudre, le feu se communique aux barils, et les flancs du navire entr'ouverts vomissent sur la plage les cadavres mutilés des meurtriers et des pillards, avec les débris des ponts, des mâts et des agrès.

Les Anglais, comme partout, ont fondé un établissement à la Nouvelle-Zélande ; celui tenté par les Français, en 1840, paraît dans un état précaire.

En remontant vers le nord, on passe près de l'île Norfolk, inhabitée, puis de la Nouvelle-Calédonie, découverte par Cook en 1774 ; ses habitants ressemblent à ceux de la Nouvelle-Hollande, les femmes s'y vendent pour un clou ; des Nouvelles-Hébrides, où l'on trouve de très beaux perroquets ; Cook cite les habitants comme les plus laids qu'il ait jamais vus. Les îles Fidgi sont réunies dans un espace presque circulaire, les habitants y sont robustes, et passent pour anthropophages. Puis se déroule cette immense étendue du Grand-Océan couverte d'îles connues sous le nom de Polynésie ; il me serait impossible de vous donner ici la nomenclature de tous ces archipels ; je citerai seulement celui des Navigateurs, qui a reçu ce nom à cause de l'adresse de ses habitants à lancer leurs pirogues sur les flots ; les insulaires y sont bien constitués et les femmes très jolies. L'archipel des Amis est fertile, et les indigènes hospitaliers ; ils sont tatoués et n'ont pour vêtement qu'une ceinture autour des reins. Les îles de la Société ont été célébrées par les prosateurs et les poètes d'après les douces émotions qu'elles firent éprouver à Bougainville, à Cook et aux autres navigateurs qui en tracèrent un tableau séduisant. La principale de ces îles est Taïti, dont une verdure couverte de fleurs couronne les pics volcanique. Les Taïtiens sont d'un jaune rouge, ils sont très mous, ont la démarche mal assurée : ce sont les sybarites de la Polynésie. Les Français ont un établissement à Taïti.

L'ARCHIPEL DE LA MER MAUVAISE se compose d'îles basses, sablonneuses, entourées de bancs de corail et d'un accès, très difficile comme l'archipel Dangereux qui l'avoisine. Plus au nord, sont les îles MARQUISES ou Nouka-Hiva, découvertes en 1594 par Mendana. Le peuple y est aimable et hospitalier mais très dissolu. Ces îles sont sous le protectorat de la France depuis 1842.

Parmi les îles situées au sud des archipels que je viens de vous signaler, la plus orientale est celle de Pâques, découverte en 1722. Les habitants, d'une taille moyenne, d'une figure agréable, à la couleur près qui est basanée, se tatouent la peau et se percent les oreilles ; ils sont excellents nageurs.

Remontons au nord pour visiter les îles SANDWICH Situées dans une mer entièrement ouverte, elles sont visitées plus souvent qu'aucun autre groupe de la Polynésie. Cette préférence est fondée sur plusieurs motifs. Le bois de sandal y est en abondance ; elles sont une station commode, un lieu de relâche pour les vaisseaux qui naviguent entre l'Amérique et l'Asie au nord de l'équateur. Aussi plusieurs nations y entretiennent des agents commerciaux. L'île d'Owhyhée, ou mieux d'Hawaï, la plus considérable, est volcanique et très montagneuse ; les indigènes se tatouent les lèvres et la figure, et se teignent le front en blanc. L'embonpoint

est chez eux le seul type de la beauté. C'est dans cette
île que le célèbre navigateur Cook fut massacré, le
14 février 1779, par suite d'une impulsion soudaine
de vengeance de la part de quelques naturels : ceux-
ci l'ont ensuite pleuré, parce qu'ils l'ont pris pour leur
dieu *Rono*, et lui ont adressé leurs vœux jusqu'à l'arri-
vée des missionnaires. Les Anglais ont obtenu du roi
la permission d'élever un monument à Cook au lieu
même où il fut tué, et la plupart des naturels ont
coopéré de bonne volonté aux travaux.

L'Archipel des Mulgraves se compose d'îles basses,
riches en cocos, orangers, choux-palmistes. La race
cuivrée qui les habite passe pour hospitalière et habile
à guider les pirogues.

Parmi les canons qui se trouvent à Honoloulou, capitale des îles Sandwich, on remarque une coulevrine
qui sort des fonderies françaises; elle est en bronze,
du calibre de 18, très ornée de sculptures; sur le
premier renfort de la culasse est gravé : « Metz, Auguste
1666. » Entre les renforts et les tourillons, qui représentent deux dauphins, on voit un soleil et la devise de
Louis XIV : *Nec pluribus impar*; le nom de la pièce
est *le Partisan*. Ce que l'on sait de cette pièce, c'est
qu'elle a été vendue au gouvernement des îles Sandwich
par un bâtiment américain.

Les îles Carolines offrent des habitants de couleur
cuivrée, dont la physionomie est douce et agréable; ils
montrent de l'intelligence; un morceau d'étoffe leur

entoure le corps à la ceinture, le reste est nu ; les femmes ont les traits réguliers, le nez un peu épaté, les
lèvres grosses, la bouche petite et le sourire infiniment
gracieux.

Plus au nord sont les îles MARIANNES ou des Larrons,
dont les habitants ont été en partie exterminés par les
Espagnols, qui y ont fait une station pour les galères
de Manille ; ils y entretiennent une petite garnison.

Avant que de quitter ce labyrinthe d'archipels, exa-
minons son ensemble et sa conformation. Les îles de la
Polynésie sont en général petites, hautes, âpres et volcaniques ; les autres ne sont que des îlots bas et formés
par des madrépores. Les îles volcaniques, une fois formées par l'action des volcans, se fertilisent d'une manière singulière. Les îles basses ont pour architectes
de petits animaux, des vers, des polypes, qui donnent
naissance aux lithophytes. Ces vers élèvent du fond de
l'eau leur habitations calcaires et créent un banc s'ar-
rêtant à la surface, passé laquelle ils ne peuvent plus
vivre ; mais ils étendent leurs constructions dans le sens
horizontal. Des algues, les propres débris du banc,
passés par la mer s'amoncèlent peu à peu au sommet
de ces rochers qui enfin se montrent au-dessus de l'eau ;
les débris et les déjections des oiseaux de mer augmen-
tent encore le dépôt, les vagues y portent les graines de
plantes, la végétation commence. Les îles les plus récemment construites par les coraux offrent au centre
un bassin qui communique avec la mer par une passe :

dans les îles plus anciennes, la passe est comblée et plus tard le bassin lui-même est comblé.

Remettons-nous en route vers l'ouest pour regagner les côtes de l'Asie qui bordent l'empire Chinois.

Les annales de cette vaste contrée remontent à plus de 3,000 ans au-delà de notre ère. Les arts et la législation étaient, il y a des siècles, ce qu'ils sont aujourd'hui ; et quoique la civilisation soit demeurée stationnaire, une multitude de souvenirs et de merveilles excitent la curiosité.

Après l'empire de Russie, celui de la Chine est le plus peuplé de l'univers ; sa population est évaluée à 286,000,000 âmes. De grandes plaines plus ou moins fertiles, de grands déserts arides, un immense plateau central, de nombreuses montagnes où naissent des fleuves majestueux qui arrosent de riches vallées, tel est l'aspect du territoire. S'il est impossible de caractériser par des termes généraux le climat et les productions de la Chine, la même difficulté sous ce rapport existe pour ses habitants ; on peut dire seulement qu'au moral ils sont superstitieux, païens, étrangers aux idées de notre civilisation ; que ceux des montagnes et des déserts vivent dans une sauvage indépendance.

Le caractère physique des Chinois proprement dit consiste dans un nez court, un teint jaunâtre, des yeux obliques, une tête large et carrée ; le caractère moral dans une douceur cérémonieuse, une haute idée de soi-même, beaucoup de fierté, une grande méfiance, une ruse profonde, une mauvaise foi raffinée et un profond mépris envers les étrangers

De petits pieds sont une des premières marques de la beauté des femmes, comme aussi la beauté chez les hommes consiste dans l'embonpoint; plus une chinoise a les pieds petits, plus elle est recherchée, et plus elle coûte cher, car le beau sexe en Chine est un objet de trafic. Dès qu'une fille vient au monde, on lui enveloppe les pieds d'un cuir très solide, afin d'en empêcher le développement; ce qui lui rend cette partie du corps tout à fait difforme et la rend impropre à la marche.

Un grand luxe de punitions est déployé dans ce pays; quiconque s'est emparé d'objets appartenant aux prêtres ou à la couronne, quiconque ne remplit pas ses devoirs envers ses père et mère, subit, comme les rebelles ou les traîtres, la peine de mort. Un juge inique est décapité, un prévaricateur est étranglé : il en est de même d'un voleur, si le vol dépasse 500 francs ; quiconque abat des arbres, coupe du foin, sème du blé ou fait paître son bétail dans les cimetières royaux, reçoit 80 coups de bâton. Les gens attachés aux couvents et aux temples, qui y laissent pénétrer des femmes, même pour prier, reçoivent 100 coups de bâton; un déserteur est condamné à mort, un grand qui recommande son protégé a le cou tranché, un chef qui recommande un homme sans mérite reçoit 100 coups de bâton. Les paysans qui n'observent pas la distinction des rangs en se mettant à table, reçoivent aussi la baston-

nade, les délits moins graves sont punis par des souf-
flets. Les banqueroutiers et les escrocs sont punis de la
cangue, espèce de pilori ambulant ; et ne pouvant porter
leurs mains à la bouche, ils sont obligés de recevoir leur
nourriture des mains d'autrui ; mais on peut se racheter
d'une punition corporelle par des amendes en argent.

Les Chinois, depuis qu'ils sont sous la domination
des Mantchoux, se rasent la tête, en conservant seulement sur le haut une touffe de cheveux qu'ils laissent
croître et dont ils font une longue queue. On peut leur
reprocher d'être fort sales. Ils couchent avec les vêtements qu'ils portent durant le jour : ils usent souvent
leur chemise, qui est en soie, avant de la quitter.

Les Chinois sont très industrieux, ils ont l'esprit vif
et la conception facile, leurs doigts menus exécutent
fort bien des ouvrages délicats.

L'origine des manufactures de soie se perd dans la
nuit des temps.

Leur achitecture est simple ; les maisons des parti-
culiers, celles même des personnages considérables, ont
peu d'apparence au-dehors ; le palais de l'empereur,
les édifices publics, les temples, les tours, les arcs de
triomphe, les portes des villes, méritent seuls l'attention du voyageur. On connaît la forme de ces édifices
par le grand nombre de figures qui est venu en Europe.
Toutes les villes se ressemblent, elles offrent une régularité monotone, et leur forme ne s'éloigne du carré
parfait qu'autant que le terrain en fait une obligation ;

on retrouve partout de hautes murailles, de larges et belles portes, des tours de huit à neuf étages.

Un des monuments les plus prodigieux qui ait été exécuté par la main des hommes est la *grande muraille*, dont la longueur est d'environ 600 lieues. Les historiens s'accordent à l'attribuer à Chi-houang-ti, qui vivait 200 ans avant notre ère. On employa à sa construction plusieurs millions d'hommes qui étaient surveillés par cent mille soldats. Elle fut achevée dans l'espace de dix ans. Elle à 29 à 30 pieds d'élévation, 25 pieds d'épaisseur à sa base, 15 pieds à son sommet, qui forme une terrasse. Elle se compose de deux faces de murs entre lesquels est un terre-plein. Chacun de ces murs à 5 pieds d'épaisseur vers le sol, et se réduit à 1 pied à son extrémité supérieure, où il forme un parapet percé d'embrasures et de meurtrières. Bien que construit en brique, chaque mur porte sur un socle ou empâtement formé d'une seule assise de pierres de 4 pieds de hauteur, et 2 pieds de saillie sur le mur.

Cette muraille est, dans toute son étendue, flanquée de tours dont la hauteur varie de 38 à 48 pieds. Ces tours sont distantes l'une de l'autre d'environ 250 pieds, et se composent ordinairement de deux étages, qui renferment des escaliers à l'aide desquels on communique à la plate-forme. La grande muraille était gardée autrefois par un million de soldats; on n'en occupe plus que les postes les plus importants, depuis qu'un même souverain gouverne la Chine et la Mongolie.

Tout diffère de nos usages ; le port d'armes est dé-
fendu en Chine ; on ne peut paraître devant l'empereur
avec une épée. Les soldats ne portent le sabre que lorsqu'ils sont en faction ; ceux qui sont chargés de faire
la police ne se servent que de fouets. Les soldats sont
armés de sabres, d'épées, de piques, de mousquets,
d'arcs et de flèches. Le sabre se porte à gauche, la
pointe en avant en temps de paix, en arrière en temps
de guerre.

Il faudrait des volumes pour signaler tout ce que les
usages de ce peuple offrent de différence avec ceux des
Européens.

Mentionnons que c'est de la Chine que nous vient ce
poisson rouge que l'éclat de sa couleur fait nommer
poisson doré, et qui est l'ornement des bassins de nos
jardins.

Après la culture du riz, celle du mûrier pour les
vers à soie, celle du coton et celle du thé, occupent
le plus les Chinois.

PÉKING, capitale de l'empire, se divise en ville chinoise et ville mantchoue, qui renferme le palais de
l'empereur. Cette capitale, fermée avec tant de soin aux
étrangers, a été prise par les Français et les Anglais,
le 22 octobre 1860 ; ces derniers, malgré l'opposition
des Français, ont complétement pillé et brûlé le palais
de l'empereur qui contenait d'innombrables richesses,
prétendant qu'il fallait laisser un souvenir terrible du
passage des troupes européennes pour frapper les Chi-

nois de terreur et prévenir le retour de leurs perfidies.

Nanking (cour du sud), ancienne capitale, est renommée par ses manufactures et l'activité de son commerce. Le monument le plus remarquable de cette ville est la fameuse tour de porcelaine, bâtie de 1413 à 1431 ; elle a neuf étages, et est revêtue de briques émaillées de cinq couleurs ; sa hauteur est d'environ 106 mètres. La poire en cuivre doré qui la surmonte a 11 mètres 50 centimètres de circonférence, et 5 mètres 76 centimètres de haut, et pèse 1,200 kilogrammes.

Canton, sur le Tigre, est le centre du commerce maritime de l'empire. Le port de cette ville est rempli de navires étrangers. Les plus nombreux sont ceux des Anglais et des Américains du nord. Ces nations ont, ainsi que toutes celles qui viennent à la Chine, des comptoirs dans le faubourg de Canton. La ville a été prise en 1860 par les armées française et anglaise.

De toutes les îles voisines de la côte, la plus considérable est HAÏ-NAN dans le sud ; à l'ouest est FORMOSE, ou Taï-Ouan, qui est très grande ; les Chinois n'en ont que les côtes du nord et de l'ouest, le reste est habité par un peuple indépendant ; il a des navires avec lesquels il inquiète les côtes de la Chine ; il se joint aux pirates qui les ravagent.

Le détroit de CORÉE et la manche de Tartarie séparent la Chine du Japon, où les jésuites, en introduisant le christianisme vers l'an 1649, installèrent avec eux la soif de l'or et de la domination. Cet empire se compose d'un grand nombre d'îles, tant grandes que petites : les plus considérables sont Yédo et Niphon et la partie méridionale de Tarrakai. Les Japonais ont l'œil petit et clignotant, sont agiles, bien faits, intelligents, tempérants, mais poltrons, vindicatifs et très méfiants. Tous les voyageurs les représentent comme bien supérieurs aux Chinois ; animés d'une utile curiosité, on est fondé à croire qu'ils ne seraient pas éloignés de fraterniser avec les autres peuples, sans les ressentiments traditionnels qu'ils ont conservés contre les missionnaires, et si l'égoïsme politique de leurs gouvernants n'exaltait à dessein leur orgueil patriotique et leur défiance contre toutes les idées contraires aux préjugés de l'empire.

Il est à remarquer que l'instruction populaire est certainement moins négligée au Japon que dans la plupart des états de l'Europe. Les éléments des connaissances sont répandues par de nombreuses écoles dans toutes les classes pauvres.

En cas de crime, toute la famille du coupable est comprise dans la sentence ; le paisible et honnête citoyen court à tout moment le risque d'avoir le ventre ouvert pour les méfaits d'un homme plus puissant que lui, et sur lequel il n'a point de contrôle, car les seigneurs ont droit de vie et de mort sur leurs vassaux, comme aussi les pères sur leurs enfants, et les maris sur leurs femmes. Le ventre ouvert? direz-vous ; oui, et c'est encore une faveur que d'obtenir de se l'ouvrir soi-même ; c'est la manière dont se terminent les plus violentes querelles, comme elle est celle également des duels japonais. En effet, deux grands se heurtent-ils dans le palais du monarque, l'un des deux en est-il offensé? il tire son poignard s'en ouvre le ventre, et, l'autre est obligé de se le fendre de même sur-le-champ, sous peine de lâcheté.

YEDO, capitale de l'empire du Japon, est entourée de remparts plantés d'arbres ; les maisons sont en bois, les fenêtres garnies d'un papier demi-transparent ; le palais de l'empereur est immense.

C'est dans l'île de Kiusiu qu'est situé Nangasaki, le seul port où les étrangers aient la permission de jeter l'ancre.

L'archipel des KOURILES, longue chaîne d'îles comprise entre le Japon et le Kamstchatka, appartient en grande partie à la Russie d'Asie. Les Kouriles vivent de chasse et de pêche, aiment à élever des ours qu'ils prennent jeunes, et auxquels leurs femmes donnent le sein pour les mieux apprivoiser. Ils ont la taille haute et le corps robuste, la barbe noire et très touffue, les cheveux de même couleur, longs, rudes au toucher.

On les avait à tort représentés comme ayant le corps extrêmement velu. Les deux sexes se tatouent et se peignent les lèvres ; les vêtements sont en peaux de phoque, et souvent d'une espèce d'étoffe que les femmes fabriquent avec les fibres de l'écorce d'une espèce de saule. Ce peuple est d'un caractère doux, paisible et hospitalier.

La presqu'île du KAMSTCHATKA, coupee par des chaînes de montagnes, est une des contrées les moins connues; le sol y est aride; les indigènes, très misérables, vivent en grande partie de la pêche. Les autres habitants sont des Russes exilés, des employés et une garnison de cosaques. Le Kamstchatka est par excellence le pays des belles martres, des renards noirs et des hermines, dont les fourrures sont si estimées. La Russie, après avoir conquis la Sibérie, s'avança jusqu'à cette presqu'île et la soumit à son pouvoir en 1706.

À l'ouest du Kamstchatka, est la SIBÉRIE, qui occupe tout le nord de l'Asie, et est limitée par l'Océan glacial arctique. Cette immense contrée, appelée aussi Russie d'Asie, peut être partagée en deux régions, l'une de plaines et de marais, l'autre de montagnes. Les steppes et les marais couvrent une grande moitié du territoire, et se trouvent dans la partie occidentale; la région montagneuse est celle de l'orient; elle est arrosée par de grands fleuves. Le climat y est très rigoureux; il y gèle neuf à dix mois de l'année; il est vrai que par une sorte de compensation la chaleur des deux mois d'été est extrême, entre juin et septembre, espace de temps où le soleil ne se couche point pour les habitants du cercle polaire boréal, ce qui permet à la végétation de croître presque à vue d'œil, et à la récolte de suivre de près les semailles.

Les différentes peuplades sibériennes, naturellement superstitieuses et sauvages, le sont davantage à mesure qu'on se rapproche de la mer glaciale. Elles se divisent en huit races principales, distinguées par le langage, les mœurs et les croyances, et chacune se subdivise en un plus ou moins grand nombre de tribus. Ces races sont : les Turcs, les Mongols ou Tartares, les Samoyèdes, les Tungouses, les Finois, les Tchoutches, les Kamstchadales, dont nous avons parlé, et les Européens.

Dans la race turque, citons les Iakoutes qui se choisissent des chefs pour les gouverner, et les changent toutes les fois qu'ils en sont mécontents; hommes et femmes portent des bottes très fortes, et en hiver ils sont tellement chargés de fourrures, qu'on ne leur voit plus que les yeux; ils sont bienveillants et hospitaliers, mais paresseux et poltrons. Les *Chamans* sont des sorciers que l'Iakoute vénère, quoiqu'il soit mis par eux sans cesse à contribution, sous prétexte qu'un Iakoute mort leur a apparu et leur a demandé un cheval et divers objets qu'on ne refuse jamais, parce que les défunts sont censés en avoir besoin dans l'autre monde. Lorsque les Iakoutes rencontrent un ours, ils lui ôtent leur bonnet, le saluent en l'appelant chef, et le prient de les laisser passer, lui promettant de ne jamais l'attaquer et de ne pas dire du mal de lui. Si l'animal marche sur eux, ils le tuent et le mangent, en répétant que les Russes seuls l'ont tué, parce que seuls ils vendent de la poudre.

Les Samoyèdes sont de petite taille, ont les jambes très courtes, la bouche très grande et les yeux très fendus; ils sont très malpropres et vivent de chasse ou de pêche. Les rennes sont leurs seuls animaux domestiques.

J'appellerai ici votre attention sur cet animal, si précieux pour les peuples du Nord. Le RENNE ne craint pas la rigueur même la plus excessive du froid ; il a quelques ressemblances avec le cerf, mais il ne va pas comme ce dernier par bonds et par sauts ; sa marche est une espèce de trop, mais si prompt et si aisé, qu'il fait dans le même temps presque autant de chemin que lui, sans se fatiguer autant ; car il peut trotter ainsi sans s'arrêter pendant un jour ou deux. Le renne se tient sur les montagnes et s'apprivoise facilement. En comparant les avantages qu'on peut en tirer, avec ceux que nous retirons de nos animaux domestiques, on verra que le renne en vaut seul deux ou trois. On s'en sert comme de cheval pour tirer des traîneaux, des voitures ; il marche avec bien plus de diligence et de légèreté, fait aisément 120 kilomètres par jour, court avec autant d'assurance sur la neige gelée que sur une pelouse. La femelle donne du lait substantiel et plus nourrissant que celui de la vache ; la chair de cet animal est très bonne à manger, son poil fait une excellente fourrure, et la peau préparée devient un cuir très souple et très durable.

La nourriture du renne pendant l'hiver est une mousse blanche qu'il sait trouver sous les neiges épaisses ; en été il vit de boutons et de feuilles d'arbres plutôt que d'herbes que les rameaux de son bois avan-

cés en avant ne lui permettent pas de brouter aisément.

Le règne animal offre d'autres précieuses richesses ;
les martres-zibelines, les hermines, les castors donnent des fourrures très estimées ; on y trouve le musc.
Tous les bords de la mer glaciale sont fréquentés par
des ours blancs. Cette contrée est encore une des mieux
partagée pour les métaux : l'or, l'argent, le platine, le
cuivre, etc., et beaucoup de pierres précieuses.

TOBOLSK est la capitale de la Sibérie occidentale, et
IRKOUTSK celle de la Sibérie orientale.

Les Russes soumirent entièrement la Sibérie dans la
dernière moitié du xvie siècle et en firent un lieu
d'exil ; c'est surtout aux rudes travaux des mines que
les nombreux déportés sont employés.

Le détroit de BEHRING, découvert en 1728 par
Behring, navigateur danois, sépare l'Asie de l'Amérique
septentrionale, et la Sibérie de l'Amérique Russe, habitée en partie par les ESQUIMAUX. D'une très petite
taille, mais bien proportionnés, ils ont les épaules
larges, les mains et les pieds très petits, le visage long,
les yeux noirs et enfoncés, la bouche large, les lèvres
épaisses, les cheveux noirs, rudes et longs ; les oreilles
basses, grandes et mobiles, le teint olivâtre. Ils semblent, en général susceptibles de civilisation, et se
livrent avec ardeur au commerce d'échange avec les
Européens qui les visitent. Rien n'égale leur empres-
sement à se procurer un clou, un bouton ou toute

autre bagatelle. Les deux sexes sont malpropres et
ont des appétits gloutons'; ils déchirent les chairs de
la baleine et des phoques avec les dents, et se les
distribuent ensuite. Les Esquimaux sont doux, peu intelligents; les os des grands animaux leur servent pour
la construction de leurs traîneaux ou de quelques-unes
de leurs habitations.

Au sud-ouest de ce pays sont la presqu'île d'Alaska
et les îles ALÉOUTIENNES, toujours chargées de brouillards; on y chasse un grand nombre de loutres de mer.
Le mont Saint-Elie, volcan de 5,445 mètres d'élévation sur le bord de la mer, indique la limite entre les
possessions des Russes et celles des Anglais. Les plage
de cette froide contrée sont fréquentées par un nombre
considérable de phoques.

Les PHOQUES, ou plus communément les veaux marins,
sont des animaux à vie presque entièrement aquatique,
bien qu'ils appartiennent par leur conformation intérieure et extérieure à la classe des mammifères. Leur
nourriture consiste en poissons; ils habitent tout le
globe, mais principalement les côtes des mers froides
ou glacées. C'est sans doute, au phoque que l'on doit
rapporter tout ce que la mythologie a mis sur le compte
des sirènes, ces enchanteresses qui captivaient les
voyageurs par leur belle voix, leurs doux regards, et
les dévoraient ensuite, laissant les rivages qu'elles fré-
quentaient blanchis des os épars de leurs victimes.
Les sirènes charmaient les navigateurs par une expres-

sion trompeuse de bonté, par un regard expressif et tendre, et l'on sait que la tête arrondie, le front bombé, animé par de grands yeux à fleur de tête et toujours brillants de douces étincelles, donnent aux phoques toute la physionomie bonne et douce du chien le plus affectionné à son maître. Le port gracieux, le buste relevé du phoque, lorsque son corps est couché à plat, sa large poitrine, un col bien lié avec les épaules, donnent peut-être aussi à cet animal quelque chose de la structure extérieure d'une femme.

Ces animaux sont d'une douceur, d'une timidité, d'une facilité à reconnaître les soins du maître, à bien s'apprivoiser, qu'aucun animal ne surpasse, si ce n'est le chien.

Les phoques ont un pelage uniforme, d'une couleur fauve, grise, noire, ou marbré de ces couleurs.

Les habitants des contrées arctiques, trouvent dans la chasse du phoque des ressources contre les besoins qui les assiègent dans ces climats rigoureux ; ils y sont ce que le bœuf et le mouton sont pour nous. On emploie plusieurs manières de chasser les phoques. A la ligne, on cherche à les surprendre en arrivant sur eux sous le vent, et avec un soleil brillant en regard, de manière à n'être ni vu ni entendu par ces animaux ; aussitôt que les chasseurs arrivent à portée, le harponneur lance au plus voisin un trait à la hampe duquel est attachée par une corde une vessie insufflée. Le phoque blessé, plonge avec la rapidité de la flèche, entraînant avec lui la vessie, qui par sa résistance à immerger gêne ses mouvements et indique son retour quand il vient respirer à la surface ; de sorte que les chasseurs sont avertis de frapper avec plus de facilité que la première fois, et finissent par le tuer. D'autres fois ils fatiguent de tant de cris et de clameurs les troupes de phoques, que ceux-ci plongent dans la profondeur des eaux, et y restent si longtemps qu'ils sont comme asphyxiés lorsqu'ils reviennent à la surface, ce qui rend leur destruction plus facile par le harpon ou le plomb du fusil.

Dans l'hiver, lorsque la mer est recouverte de glace, les phoques cherchent des trous ou des crevasses pour entrer dans l'élément qui leur est le plus cher ; c'est par ces mêmes trous qu'ils viennent respirer. Le chasseur, blotti dans la neige, attend patiemment au bord de ces trous que les phoques viennent mettre le nez à l'air, et alors il les harponne à coup sûr.

La graisse des phoques se convertit en huile pour la corroierie et l'éclairage ; les peaux, desséchées d'abord à l'air, sont vendues aux mégissiers. Il n'est pas profitable de les employer pour cuir de chaussures ; mais, garni de son poil, le cuir de phoque est très bon pou. couvrir des malles, des havres-sacs de chasse ou de guerre, pour faire des bonnets et des manteaux imperméables à la pluie.

En suivant la côte vers le sud, on passe devant les archipels du Prince de Galles, de la Reine Charlotte, de Quadra et Vancouver, qui appartiennent à la Nouvelle-Bretagne, que nous retrouverons plus tard.

Viennent ensuite les côtes de la Nouvelle et de la Vieille Californie.

La CALIFORNIE faisait autrefois partie de la province de la Nouvelle-Espagne, au nord-ouest du Mexique. C'est un pays très pittoresque ; le climat y est doux ; les fréquents brouillards, quoique désagréables et dangereux pour l'abord des côtes, donnent de la vigueur à la végétation et rafraichissent la terre, qui est de nature spongieuse et très fertile. La Nouvelle ou Haute-Californie est la contrée dont les mines d'or ont si vivement éveillé la curiosité publique. En 1830, un lieutenant suisse, obligé de quitter la garde-royale, par suite de la révolution de juillet, était passé en Amérique et s'était établi sur les bords du fleuve Sacramento, pour y fonder un établissement agricole. En 1848, il fit nettoyer un cours d'eau qu'il voulait barrer pour établir une scierie, et s'aperçut que le sable et le gravier contenaient des pépites d'or natif. Cette découverte fut bientôt connue, on sut que les affluents du Sacramento renfermaient des paillettes du métal précieux, qu'il y en avait dans les rochers des montagnes ; aussitôt la population entière, à vingt lieues à la ronde, se précipita vers ces gisements ; les villes furent abandonnées, le colonel Masson, qui commandait à San-Francisco, vit toute sa garnison déserter.

Dans cette première curée, les gains des chercheurs d'or furent quelquefois fabuleux ; mais tout manquait aux mineurs, vivres, habitations, vêtements ; les objets

de première nécessité étaient montés à des prix incroyables : ainsi un chapeau se vendait 70 piastres
(350 francs) ; la bouteille d'eau de vie était payée jusqu'à 100 francs ; une couverture de laine 400 francs.
Aussi payait-on la main-d'œuvre en proportion ; on don-
nait 5 fr. par heure aux hommes qui voulaient bien dé-
barquer les marchandises, un bon ouvrier gagnait
60 francs par jour, et malgré les expéditions nombreuses faites par les ports des Etats-Unis et de l'Europe,
cet état de choses a été assez longtemps à se modifier.

La Vieille-Californie présente un aspect tout diffé-
rent de la précédente ; c'est une lisière étroite qui
longe les côtes de l'océan Pacifique.

Une des merveilles de ce pays sont les ARBRES GÉANTS
qui se trouvent dans une forêt du comté de Calaveros :
c'est une espèce de cèdre qui s'élève droit comme une
colonne. Ils ont en moyenne cent mètres de hauteur et
trente mètres de circonférence ; celui désigné sous le
nom de Père-de-la-forêt, s'élevait à 150 mètres,
(près de deux fois et demi la hauteur des tours de
Notre-Dame-de-Paris), son diamètre, à 90 mètres de
hauteur, était encore de 6 mètres, ce géant de végétaux
est mort de vieillesse. Les branches de ces arbres commencent à environ quarante mètres du sol : elles sont
peu nombreuses ; le sommet est couvert d'un joli feuillage. D'après l'étude du tronc tranché envoyé à Paris, il
n'a pas fallu moins de quatre mille ans pour que ces arbres
aient atteint un tel développement. C'est du reste, la

terre des grands arbres; car les cèdres sont entourés de cyprès et de pins qui ont plus de 60 mètres de haut et un diamètre de 7 à 8 mètres.

Un des hôtes les plus redoutables de la Californie est l'ours, il a fui devant les chercheurs d'or, mais aux lieux où domine encore la race d'origine espagnole, sa chasse est toujours pratiquée : elle se fait au *laço*. Une fois rendus dans les lieux fréquentés par l'ours californien, les chasseurs l'amorçent avec un animal mort et l'attendent en silence. Si l'ours se met en défense et veut se jeter sur l'un d'eux, l'instant est favorable pour les autres de le lacer par derrière. S'il fuit, le cavalier le mieux monté s'efforce de lui couper le chemin et de l'obliger à combattre. Le premier laço qui l'accroche ne lui laisse plus de liberté pour courir sur celui qui l'a lacé, mais les autres arrivent, et lui jettent facilement les leurs ; ils les tendent alors en sens contraires et le tiennent ferme, pendant que l'un d'eux descend de cheval et lui lie les quatres pattes.

Monterey, résidence du gouverneur de la Nouvelle-Californie est la ville la plus peuplée de tout ce territoire, mais San-Francisco, le plus beau port de tout le Nouveau-Monde a acquis, depuis la découverte des mines d'or une très grande importance.

Le Mexique, ancienne vice-royauté espagnole, appelée Nouvelle-Espagne est traversé du nord au sud par la grande chaîne des Monts Rocheux, et le centre est occupé par le haut plateau de Mexico, dont l'extrémité méridionale est dominée par plusieurs volcans. Le climat et les productions du Mexique varient selon la position et la hauteur du sol. De toutes les productions de ce pays celles qui ont le plus contribué à sa célébrité et à sa ruine sont les métaux précieux, dont l'exploitation, en détournant les esprits du travail, en ruinant l'industrie et l'agriculture, a créé la paresse, la cupidité et la misère. La population se compose de différents éléments, de créoles, de métis, d'indiens et de quelques nègres devenus libres. Les Indiens, descendants des anciens Mexicains, forment la majeure partie des habitants. Ils sont de taille moyenne et bien prise, d'une physionomie agréable ; leur teint varie du brun foncé au rouge-cuivré ; ce sont des marcheurs infatigables. Ils ne sont pas sanguinaires, mais voleurs, rusés et sensuels. Libres en droit, ils sont de fait réduits en servitude par la misère, l'usure et les traditions des conquérants que les créoles ont fidèlement conservées.

Depuis près de cinquante ans le Mexique est pour ainsi dire dans un état permanent de révolution, émancipé de l'Espagne, empire, république, toujours en guerre civile, son histoire est rempli de singuliers épisodes : je vous raconterai seulement ce qui concerne le président Victoria, en 1828, guerrier patriote, d'une valeur consommée. Presque tous ses soldats ayant péri, et se voyant délaissé et sans aucun secours, il s'enfonça dans les forêts de la province de Vera-Cruz, n'emportant pour tout bien que son épée, et disparut aux regards de ses compatriotes. Pendant les premières semaines, les Indiens lui fournirent des provisions ; mais le vice-roi Apoceda, craignant de le voir un jour sortir de sa retraite avec de nouveaux moyens, et à la tête de nouvelles troupes, mit à sa poursuite mille hommes divisés en petits détachements. Tout village qui lui avait fourni des vivres ou un asile était brûlé sans miséricorde. Frappés de terreur par cette rigueur, les Indiens fuyaient devant lui, ou étaient les premiers à dénoncer l'approche d'un homme dont la présence pouvait leur être si fatale. Pendant plus de six mois il fut chassé comme une bête fauve ; un jour il échappa en franchissant une rivière à la nage et maintes fois, presque en présence des troupes, il parvint à se soustraire à leurs regards en se plongeant au milieu des buissons épineux dont ces montagnes sont couvertes. Enfin, pour satisfaire le vice-roi, on prétendit avoir trouvé un cadavre qu'on dit être celui de Victoria. Tous les journaux racontèrent cet événement, et les troupes furent rappelées. Mais les souffrances de Victoria ne se terminèrent pas avec la poursuite dont il était l'objet. Exténué de fatigue, presque nu, déchiré par les épines, il eût à lutter longtemps encore contre tous les maux qui accablent l'homme livré à lui-même. Pendant l'été il se nourrissait de fruits sauvages ; mais l'hiver il était continuellement tourmenté par la faim la plus cruelle. Il s'habitua par degrés à une telle abstinence, qu'il passait quelque fois quatre et même cinq jours sans goûter un morceau de pain, sans rencontrer un être vivant.

La manière dont Victoria apprit la révolution de 1821, est presque aussi extraordinaire que son existence sauvage au milieu des bois. Lorsque, en 1818, il fut abandonné par ses derniers compagnons, deux Indiens lui demandèrent où ils pourraient le trouver, dans le cas où ils auraient quelques changements heureux à lui annoncer ; il leur désigna une montagne, et leur dit : voilà l'endroit où vous trouverez mes os. Les Indiens n'eurent garde de l'oublier, et aux premières nouvelles de la déclaration d'Iturbide, ils quittèrent leur village pour aller à la recherche de Victoria. Arrivés au pied de la montagne ils se séparèrent et pendant six semaines parcoururent vainement les bois qui l'entourent. Leur provision de maïs était épuisée, ils allaient abandonner leurs recherches, lorsque l'un d'eux découvrit en traversant un ravin, les traces d'un pied qu'il reconnut pour être celui d'un européen ou d'un créole ; l'Indien attendit deux jours en cet endroit, et partit pour aller chercher de nouvelles provisions, après avoir suspendu aux branches d'un arbre les deux derniers gâteaux de maïs qui lui restaient. Victoria, deux jours après, traversa le ravin et vit les gâteaux. Il n'avait pas mangé depuis quatre jours, il dévora cet aliment avant de réfléchir sur la circonstance extraordinaire qui pouvait le lui faire trouver dans ce lieu sauvage. Mais persuadé qu'on ne manquerait pas de revenir, il résolut de se cacher dans les environs, d'examiner ce qui pourrait se passer, et d'agir selon les circonstances. L'Indien revint en effet ; Victoria le

Tour du monde. 6

reconnut, et se hâta de sortir de sa retraite. Mais l'aspect d'un fantôme tout nu et tout noir, qui, couvert d'une barbe épaisse, s'élançait, l'épée à la main, du milieu des buissons, épouvanta le fidèle Indien, qui prit d'abord la fuite, et ne reconnut son ancien général qu'après l'avoir entendu prononcer son nom. Emu de douleur par l'état affreux dans lequel il le retrouvait, il le conduisit dans son village, où Victoria fut reçu avec le plus grand enthousiasme. Le bruit de son apparition se propagea dans la province avec la rapidité de l'éclair; et de toutes parts, les anciens insurgés vinrent se joindre à lui. En très peu de temps il détermina toute la province, et bientôt, malgré les projets ambitieux d'Iturbide, il donna le signal d'une révolte générale qui assura l'indépendance de sa patrie.

L'armée française, envoyée au Mexique pour rétablir l'ordre dans ce malheureux pays, après de brillants combats, et la prise de Puebla défendue pendant cinquante-quatre jours, entra à Mexico le 7 septembre 1863 et y fonda l'empire du Mexique. Celui-ci subsista jusqu'à la mort de Maximilien fusillé le 19 mars 1867 à Queretaro par ordre de Juarez qui fut élu président.

Mexico, capitale, est une grande et belle ville située à 2,350 mètres au-dessus du niveau de la mer, ses maisons sont peu élevées à cause des tremblements de terre. La grande place est une des plus belles qui soient au monde, on y remarque la cathédrale et le palais bâti par Fernand Cortez; au milieu s'élève la statue de Charles IV. Maximilien, élu empereur du Mexique en 1864, y avit fait sa résidence.

Au sud du Mexique est le GUATÉMALA, riche en indigo et en cochenille; ses habitants sont doux et inoffensifs, ils sont catholiques et intolérants. Le Guatémala renferme une des curiosités naturelles, des plus extraordinaires, c'est la *Mina-de-sangre,* ou Fontaine de sang. De l'intérieur d'une petite caverne jaillit perpétuellement un liquide vermeil qui, exposé au contact de l'air, se coagule exactement comme du sang; il se corrompt de même. Certains insectes déposent leurs larves dans cet étrange liquide. Un peu au sud de Pueblo-de-la-Virtud, il y a une petite grotte visitée durant le jour par des milans et d'autres oiseaux de proie, tandis que ces grandes chauves-souris qu'on désigne sous le nom de vampires y vont chercher un asile pendant la nuit : ces vampires, comme bien d'autres animaux, vont se repaître du liquide coloré de la fontaine. Dans ce pays, un tel phénomène devait nécessairement donner lieu à des croyances superstitieuses ; aussi raconte-t-on force histoires merveilleuses sur la fontaine de sang. Ce qui paraît le plus probable, c'est à la rapide génération d'infusoires coloriés qui s'opéra dans la grotte, que l'on doit attribuer les étranges particularités qui distinguent cette fontaine. Cette république et les Etats de NICARAGUA et de COSTA-RICA sont situées sur l'isthme de Panama, qui lie l'Amérique du nord à celle du sud, depuis très longtemps on a étudié le projet d'un canal maritime pour pratiquer une communication entre les deux océans, propre à éviter la navigation par le cap Horn pour aller aux Indes orientales, ce projet semble enfin devoir se réaliser à une époque rapprochée.

Le premier état que l'on rencontre sur le continent de l'Amérique méridionale, en suivant la côte, est la COLOMBIE, ainsi nommée pour réhabiliter la mémoire de Christophe Colomb, qui fut le premier à en toucher le sol. La Colombie comprend le VÉNÉZUELA et la NOUVELLE-GRENADE; ses habitants offrent de nombreuses nuances, les blancs de la côte ont tous les traits des espagnols; ceux des montagnes ont plus de ressemblance avec les européens du nord. Les Indiens sont très robustes, leur couleur est cuivrée. Les Indiens-Bravos, ou indiens sauvages vivent dans les lieux élevés ou sur le bord des lacs. Le caractère national du Colombien a l'orgueil pour base, et l'indolence pour signe extérieur. Son unique mobile est l'intérêt, et pourvu qu'il reste étendu et fumant le cigare sur son hamac, il est heureux.

La ville la plus importante par sa position est PANAMA, la mieux fortifiée est CARTHAGÈNE, la plus agréable SANTA-FA-DE-BOGOTÉ, la mieux bâtie POPAYAN et la plus riche GUYAQUIL. QUITO est la plus populeuse; presque toutes ont la forme d'une croix dont la grande place et l'église forment le centre.

La COLOMBIE a un aspect physique très remarquable ; a partie occidentale offre les plus hautes montagnes de l'Amérique ; la partie orientale présente une portion considérable de ces plaines immenses qui couvrent une surface si étendue dans cette partie du monde. Le point culminant de la Cordillère des Andes est le Chimborazo, dont la hauteur est de 6,550 mètres au-dessus du niveau de la mer.

A l'ouest sont les îles de GALLAPAGOS inhabitées et où se trouve un nombre considérable de tortues, elles sont souvent visitées par les navires qui vont à la pêche de la baleine.

En se dirigeant vers le sud on longe les côtes du PÉROU. Un peuple simple et bon, crédule adorateur du soleil, auquel il élevait des temples couverts d'or, et dont la garde était confiée à de jeunes vierges, prêtresses du dieu et épouses des incas, florissait au Pérou, lorsque Pizarre, en 1534, vint s'emparer de cet empire, le dépouiller et massacrer ses habitants.

Traversé du nord au sud par la chaîne des Cordillères, il est peu de pays où l'on ressente plus de tremblements de terre. La nature l'a doté d'une grande richesse minéralogique, mais elle l'a privé d'un territoire en général fécond, une bonne partie n'est pas propre à la culture. Parmi les animaux du Pérou, il en est un qui offre en ce moment un intérêt tout particulier, c'est le LAMA ; tout porte à croire que le moment est près où nous verrons naturaliser dans nos montagnes, cette espèce destinée à prendre place parmi nos plus précieux animaux domestiques : seule entre toutes, elle sera à la fois bête de somme, bête de boucherie et bête à laine, chacune des variétés ayant d'ailleurs ses avantages propres : l'une par exemple, le lama, plus robuste et plus propre au transport des fardeaux, l'autre, l'alpaga, chargé d'une toison aussi remarquable par sa beauté que par son abondance d'une laine qui souvent dépasse trois décimètres

La population du Pérou se compose d'Espagnols européens, de créoles, de métis, d'indiens, de nègres et de mulâtres ; les premiers y sont peu nombreux maintenant, la masse principale est celle des métis, issus d'Espagnols et d'Indiens. Les indigènes sont presque aussi nombreux que toutes les autres races ensemble, ils sont très bornés, d'un caractère mélancolique, timide, pusillanime au moment du danger, féroce et cruel après la victoire, dur et implacable dans l'exercice du pouvoir ; ils détestent en secret les blancs, auxquels ils paraissent très soumis, mais haïssent encore plus les nègres. Leur nourriture est misérable, mais leur goût pour les liqueurs spiritueuses est porté à l'excès.

Il paraît que les Indiens du Pérou vivent longtemps; le célèbre Humboldt, durant son séjour à Lima, apprit la mort d'un péruvien âgé de cent-quarante-trois ans. Cet homme s'appelait Hilario Pari, il avait épousé en secondes noces une indienne avec laquelle il avait vécu quatre-vingt-dix ans. Cette bonne femme avait elle-même atteint l'âge de cent-dix-sept ans.

LIMA, autrefois Ciudad de los Reyes (cité des rois), capitale du Pérou, est une belle et grande ville dont les rues sont parallèles et coupées à angle droit. La grande place de la cathédrale, l'hôtel des monnaies, l'ancien palais de l'inquisition, le théâtre et les nombreux couvents attirent l'attention ; un objet de curiosité est la petite église que fit construire Pizarre en 1555 et que les divers tremblements de terre n'ont pas entièrement ruinée.

Les îles des côtes du Pérou sont couvertes de dépôts d'une épaisseur qui atteint 20 mètres, d'une substance d'un jaune foncé, d'une odeur forte et ambrée, que l'on s'accorde à regarder comme l'accumulation des excréments que les oiseaux de mer et les phoques y déposent depuis les temps les plus reculés, c'est le Guano, employé avec avantage comme engrais, et qui est devenu l'objet d'une exploitation très importante.

Au sud du Pérou, le CHILI est resserré entre la chaîne des Andes et la mer ; la contrée maritime est entrecoupée de plusieurs groupes de montagnes parallèles aux Andes, elles environnent de nombreuses vallées toutes arrosées par des rivières. Le pays intermédiaire en allant à l'est, est presque plat. Il est rare qu'une année se passe sans que l'on ressente au moins quatre tremblements de terre. L'or est le métal le plus abondant ; et l'on exploite encore des mines de cuivre et de fer.

Le climat du Chili est généralement agréable et salubre.

Les Chiliens ne formaient vraisemblablement qu'une seule nation, quoique divisés en quinze tribus indépendantes les unes des autres; car toutes parlaient la même langue, et se ressemblaient par la physionomie. Leur teint était d'un brun roussâtre ou cuivré, ils avaient pour animaux domestiques des lamas et des lapins. Leurs vêtements étaient de poil de vigogne; ils se seraient probablement policés davantage par une marche progressive, lorsque leur pays fut envahi par des étrangers

ALMAGRO, compagnon de Pizarre, conquérant du Pérou, tenté par ce qu'on lui racontait de la richesse du Chili en métaux précieux, partit en 1535 pour en faire la conquête; il avait avec lui 570 Espagnols et 15,500 Péruviens. Pendant la route difficile qu'il choisit, ses troupes souffrirent extrêmement de la fatigue, de la faim, des rigueurs du climat et des attaques des Indiens, il périt 150 Espagnols et 10,000 Péruviens. Enfin on arriva dans les plaines du Chili; Almagro y fut reçu avec des marques de respect, grâce à l'intervention d'un chef Péruvien; mais ayant fait massacrer plusieurs Ulmans, on ne le vit plus qu'avec horreur, et on lui fit une guerre vigoureuse qui le dégoûta de son entreprise, qui cependant lui avait procuré des trésors, il retourna au Pérou en 1538.

Deux ans après, Pizarre envoya une autre expédition, et à la suite de combats acharnés qui durèrent plusieurs années, les Espagnols obtinrent enfin la pai-

sible possession de la plus grande partie du Chili, qui
ne retrouva son indépendance qu'en 1858, et aujour-
d'hui il forme une république.

SAN-IAGO, capitale, VALPARAISO port le plus commer
çant, COQUIMBO et la CONCEPTION sont les lieux les plus
remarquables.

Au sud sont les îles de CHONOS ou de CHILOE;
à 150 lieues à l'est, on rencontre l'île de Juan-Fer-
nandès; on pense que les aventures d'Alexandre
Selkirk, matelot Ecossais, qui, laissé sur cette île par
son capitaine, en 1704, y vécut seul pendant quatre
ans et quatre mois, ont donné à de Foë la première
idée de son célèbre roman de Robinson Crusoé.

Entre les frontières extrêmes du Chili et le détroit
de Magellan une côte déchiquetée de nombreuses îles,
des rochers, des récifs bordent l'ouest de la PATAGONIE,
pays dont on a beaucoup parlé et qui est un des moins
connu; il est regardé depuis près de trois siècles,
comme la patrie d'un peuple de géants, qui n'a jamais
existé que dans l'imagination des premiers voyageurs.
Le climat y est âpre et soumis à des coups de vent
terrible, le sol stérile.

Les Patagons sont bruns, chasseurs, de mœurs douces, leur taille est moyenne, leur têtes énormes, et la
partie supérieure du corps hors de proportion avec
l'inférieure; leurs jambes sont très petites.

Avant de quitter les rivages de l'Océan pacifique,

je vous parlerai de la PÊCHE DE LA BALEINE, qui s'y fait depuis que les mers du nord semblent en partie abandonnées par ces monstrueux animaux.

Les baleines sont d'énormes cétacés dont la longueur atteint 22 mètres. A la place des dents elles ont de chaque côté de la mâchoire supérieure, qui est en forme de carène, une multitude de grandes lames transversales, serrées les unes contre les autres, formées d'une espèce de corne fibreuse et appelées fanons, qui garnissent tout le palais et qui servent à retenir les poissons dont ces colosses se nourrissent. Ces animaux ont sous la peau une immense quantité de graisse.

D'après la taille des baleines on serait tenté de croire qu'elles doivent dévorer les poissons les plus gros; mais il en est tout autrement : l'absence de dents, l'espèce d'armature de leur bouche et la faiblesse des muscles de leur mâchoire ne leur permet de s'emparer que des plus petits animaux marins, et comme le nombre de ces êtres est immense, elles n'ont pour ainsi dire qu'à ouvrir leur gueule pour les engloutir par milliers. Du reste elles sont très voraces et mangent presque continuellement; l'eau qui entre dans leur énorme bouche, chaque fois qu'elles l'ouvrent, est rejetée au dehors par les narines et forme, au-dessus de leur tête, un jet élevé. Les baleines nagent avec une très grande vitesse; n'ayant aucune arme pour se défendre et étant le plus souvent embarrassées de la masse énorme de leur corps, elles ne sont point capables de se défendre avec succès contre des enne-

mis, ce qui les rend timides et craintives. Quelquefois, cependant, elles deviennent furieuses et déploient
toute leur force pour se défendre, lorsqu'elles frappent
l'eau avec la queue, elles produisent un fracas pareil à
celui d'un coup de canon.

Une chose surprenante est la tendresse réciproque
qui se montre entre la baleine et son petit baleineau ;
l'enjouement, la grâce de leurs jeux, et leurs agaceries, l'attachement qu'ils se témoignent, surtout dans
le danger, ont attendri plus d'une fois le cœur des
plus rudes loups de mer.

Il y a plusieurs espèces de baleines, celle qui est la
plus recherchée des pêcheurs est appelée baleinefranche, et se distingue en ce qu'elle n'a point de
nageoires sur le dos. Elle s'est retirée peu-à-peu vers
le nord et ne se rencontre plus aujourd'hui que dans
les mers glacées qui avoisinent le pôle.

De toutes les pêches qui se font dans les différentes
mers, la plus difficile et la plus périlleuse, sans contredit, est la pêche de la baleine, branche importante
du commerce maritime. Elle occupe chaque année des
flottes entières, et c'est l'école où se forment les marins
les plus hardis et les plus expérimentés. Jadis elle
était entièrement entre les mains des Basques ; mais
depuis longtemps nos pêcheurs ne s'en occupent que
peu, et aujourd'hui cette pêche est faite presque exclusivement par les Anglais et les Américains.

Lorsque les pêcheurs aperçoivent une baleine, ils
mettent aussitôt leur chaloupe à la mer et s'avancent

en silence vers elle ; l'un d'eux plus adroit et plus robuste que les autres, se tient debout armé d'un harpon,
sorte de lance attachée à une corde, et quand il est à
portée de la balcine, il le lui lance. Le harpon s'en-
force dans le corps de l'animal, qui se sentant blessé,
plonge aussitôt avec la rapidité d'un trait, et entraîne
avec lui la corde attachée à cet instrument; mais bientôt le besoin de respirer le force à remonter à la surface, et alors on le harponne de nouveau. Tourmentée
par la douleur, la baleine fait des efforts incroyables
pour se débarrasser des harpons qui la déchirent, mais
enfin, épuisée par la fatigue et la perte de son sang,
elle ne peut plus ni fuir, ni se défendre ; et alors les
pêcheurs la tirent à eux et l'achèvent à coup de lance;
mais jusqu'à ce qu'elle soit morte, ils évitent avec soin
sa terrible queue, dont un coup ferait voler leur chaloupe en éclat. Lorsqu'on s'est assuré que la baleine
est morte, on l'attache aux flancs des navires, et des
hommes habillés de vêtements de cuir, et pourvus de
bottes garnies de crampons, descendent sur le corps de
l'animal en enlèvent par tranches le lard dont sa surface est recouverte. Ce lard est ensuite fondu pour en
extraire l'huile, dont on retire quelquefois 120 tonneaux d'une seule baleine.

La pêche, dite du Sud, se fait principalement dans
l'Océan pacifique, et est dirigée spécialement contre
les cachalots, qui fournissent moins d'huile que les baleines et n'ont pas de fanons, mais donnent des quan-

lités considérables de blanc de baleine que l'on emploie, comme la cire, pour la fabrication des bougies.

Les accidents qu'éprouvent les pêcheurs sont fréquents, s'ils ont l'imprudence de se placer trop près de la queue de la baleine, qui s'élève lorsque l'animal plonge, puis retombe à plat et par son poids seul brise une embarcation, dans le cas même où le canot ne serait pas atteint directement, sa sûreté serait fortement compromise s'il se trouvait dans le tourbillon d'eau qui se forme à la place où l'animal est rentré. Un autre accident bien plus perfide, est celui où le canot au lieu d'être plongé dans la profondeur des eaux, est lancé en l'air par l'effet d'un choc de bas en haut; en voici un exemple :

« Dans l'année 1802, le capitaine Lyons faisant la pêche sur la côte du Labrador, aperçut assez près du bâtiment une grande baleine, et envoya aussitôt quatre canots à sa poursuite : deux de ces canots abordèrent l'animal en même temps, et plantèrent leur harpon ; la baleine frappée plongea mais revint bientôt à la surface, et ressortant dans la direction du troisième canot qui avait cherché à prendre l'avance, elle le lança en l'air comme une bombe ; le canot monta à plus de quinze pieds, et s'étant retourné par l'effet du choc; il retomba la quille en haut : les hommes, excepté un qui périt, furent recueillis par le quatrième canot qui était à portée. »

Reprenons notre course vers le point le plus méri-

dional de l'Amerique sud, en passant devant le détroit
de MAGELLAN et la TERRE DE FEU, affreux pays, hérissé
de montagnes volcaniques et couvertes de neiges éternelles. Le célèbre détroit de Magellan sorte de ravin
par lequel les eaux de la mer semblent s'être frayées
péniblement un passage, est aussi irrégulier dans sa
profondeur que dans sa largeur et dans sa direction. Il est
semé d'îlots et de récifs, traversé par des courants contraires et par des vents violents et variables. On peut
néanmoins, avec de la prudence, le parcourir sans danger; en hiver, cette navigation devient tout à fait impra-
ticable, à cause du froid et de la longueur des nuits, car
la traversée n'y est possible que pendant le jour, en
sorte que les vaisseaux sont obligés de voyager à petites
journées, mouillant tous les soirs, pour lever l'ancre le
matin, de là une perte de temps considérable et beaucoup de fatigue.

Nous doublerons le célèbre cap Horn, découvert
en 1616 par Guillaume Schouten, navigateur Hollandais,
laissant au sud les îles Shetland, et cette partie des terres
australes découvertes en 1857 par Dumont-d'Urville et
plus à l'est les îles Powelle l'archipel de Sandwich et l'île
Géorgia, nous suivrons les côtes orientales de la Patagonie en passant entre elles et les îles FALKLAND OU
MALOUINES, où se trouvent des ports commodes et un
bon mouillage; les côtes sont fréquentées par de nombreux phoques.

On découvre ensuite les côtes des provinces-unies du

Rio-de-la-Plata, ainsi nommees à cause du grand fleuve qui y coule et dont le nom de Plata ou rivière d'argent, les a fait désigner aussi sous le nom de République Argentine. Pays généralement plat, le climat y est très salubre, une partie est occupée par de vastes plaines désignées sous le nom de Pampas ou errent d'immenses troupeaux de bœufs et de chevaux sauvages. Les habitants sont bien faits, braves, hospitaliers, les femmes sont jolies et spirituelles.

Buenos-Ayres, chef-lieu de la province du même nom, est aussi la capitale de toute la république, c'est une fort belle ville où le commerce est très actif Montevideo, à l'embouchure de la Plata a un bon port.

Le Paraguay, découvert en 1526, fut d'abord soumis aux Espagnols qui commirent les plus affreuses cruautés envers les naturels. Les jésuites y acquirent une grande autorité en 1556, et un fort ascendant sur l'esprit de ces peuplades, ils en furent chassés en 1768. L'esprit de liberté pénétra dans cette contrée vers 1810. Les créoles proclamèrent l'établissement d'une république, et en 1813, mirent à la tête de l'Etat, pour un an, deux consuls. Le docteur Francia, l'un d'eux, finit par s'emparer totalement du pouvoir, et tout en faisant peser pendant plusieurs années un joug de fer sur les Paraguays, il est parvenu à répandre chez eux le goût du travail, des arts et du bon ordre.

L'Assomption, ville sur la rive gauche du Paraguay est le chef-lieu de la république.

Après l'embouchure de la Plata, commence le grand développement des côtes qui bornent à l'est le territoire Brésilien.

Cette immense portion de l'Amérique méridionale, quoique présentant de nombreuses inégalités de surface, est un pays plutôt plat que montueux. Il est extrêmement riche en végétaux indigènes et tous les animaux de l'Amérique équatoriale peuplent ou ses grandes forêts ou ses vastes plaines. Je vous ferai remarquer qu'aucune des espèces d'animaux, vivant sous la zône torride, n'est commune aux deux continents, et qu'ainsi ceux de l'Amérique ne se trouvent pas dans les autres parties du monde.

Les Brésiliens, sont en général indolents, peu intelligents, orgueilleux et avares, ils sont actifs dans certains genres d'industrie, et insouciants pour le reste : sales et dénués de tout dans l'intérieur de leurs maisons, splendides et fastueux au dehors, doux ou plutôt faibles de caractère entre eux et envers les étrangers, et cependant cruels envers les nègres et les Indiens. Les mœurs, les coutumes, le langage et la religion portugaise sont passées au Brésil et dominent partout où les colons se sont établis. Les nègres libres sont bien faits, braves, vigoureux, soumis; ils obéissent aux blancs, et cherchent à leur plaire ; ils sont faciles à irriter, et la moindre allusion à leur couleur excite leur colère;

ils forment à peu près un tiers de la population du Brésil. Les peuplades indiennes, la plupart peu connues, occupent une partie considérable du pays, quelques-unes se sont rapprochées des Portugais et ont embrassé le christianisme, d'autres vivent encore dans l'état sauvage, et errent dans les forêts sans lois et sans culte.

Les ports de Rio-de-Janeiro, de Bahia et de Pernambouc sont les principaux entrepôts du commerce.

RIO-DE-JANEIRO, capitale, est une superbe ville, dont les maisons, assez régulières, sont construites en granit, les rues tirées au cordeau ; le luxe y est Européen ; les femmes y pourraient disputer d'élégance avec nos belles parisiennes, qui sont moins chargées de diamants ; les équipages y sont aussi brillants que ceux de Londres. Rio compte dans ses murs un grand nombre d'étrangers, surtout de Français, d'Anglais et d'Italiens, une quantité de moines. Les environs de cette ville sont très pittoresques, c'est un paradis terrestre ; la terre y produit abondamment les fruits de tous les climats, l'air y est sain, les mines d'or et de pierreries y sont nombreuses.

Depuis 1834, de grandes réformes ont été introduites dans l'organisation politique du Brésil. Les institutions démocratiques, qui ont fait de son gouvernement une monarchie fédérative, ont produit les résultats les plus avantageux pour sa prospérité.

C'est au nord de cet empire que se trouve la GUYANE,

Tour du monde.   7

entre les bouches de l'Orénoque et celles de l'Amazone ; le climat très chaud est tempéré chaque jour par des brises de mer. Quelques parties sont montagneuses et nues ; néanmoins le sol y est généralement fertile. L'aspect de cette contrée est pittoresque vers les côtes; des forêts impénétrables couvrent des eaux stagnantes, d'immenses savanes marécageuses servent de retraite aux crocodiles : parmi les bêtes féroces le jaguar est le plus redoutable

Les dons les plus précieux du sol sont la vanille, la salsepareille et le cacao, diverses sortes d'épices, la canne à sucre et le café. C'est afin de recueillir ces diverses productions que les Européens s'établirent à la Guyane, qui depuis l'émancipation des colonies espagnoles et portugaises, est restreinte à trois divisions : la Guyane anglaise, la Guyane hollandaise et la Guyane française.

La Guyane anglaise a pour capitale Georgetown, autrefois Stabrœk, sur les bords du Démérari.

La Guyane hollandaise dont la capitale est Paramaribo, à l'embouchure de la rivière Surinam, une des villes les plus riches de l'Amérique du sud, avec un port sûr et commode.

La Guyane française, entre les possessions hollandaises et le fleuve Maroni a tous les éléments d'une grande prospérité ; le sol et le climat y sont des plus favorables, ses productions les plus importantes sont le sucre, coton, roucou, café, cacao et diverses épices.

Parmi les animaux nuisibles, très nombreux dans cette colonie, je vous signalerai le SERPENT A SONNETTES, sur lequel il a été débité de tout temps les fables les plus absurdes. L'instrument bruyant qu'il porte au bout de la queue, est formé de plusieurs cornets écailleux emboîtés lâchement les uns dans les autres, de façon à se mouvoir et à résonner quand l'animal rampe ou remue la queue ; les cornets dont il se compose, paraissent être formés par l'épiderme, dont l'animal se dépouille à certaines époques : le venin de ces serpents est extrêmement puissant ; mais en général ils ne mordent que lorsqu'ils sont provoqués, et ils attaquent bien rarement les animaux trop gros pour qu'ils puissent les avaler. Ils ne grimpent pas aux arbres ; cependant ils font leur nourriture principale d'oiseaux, d'écureuils, etc. On a cru pendant longtemps qu'ils avaient le pouvoir d'engourdir leurs victimes par leur haleine, ou même de les charmer par leur regard, et de les contraindre ainsi à venir se précipiter dans leur gueule ; mais c'est seulement la frayeur extrême qu'ils inspirent à ces petits animaux qui trouble ceux-ci au point de les empêcher de fuir, de leur faire exécuter des mouvements désordonnés, et de les faire tomber même dans la gueule de leurs ennemis.

La Guyane a acquis une triste célébrité, par les déportations qui y ont été faites pendant nos troubles civils, et les noms célèbres de plusieurs de ces victimes. A la suite du coup d'état du Directoire contre les membres opposants du conseil des Cinq-cents et des Anciens, le 18 fructidor (4 septembre 1797), furent désignés pour être déportés à la Guyane, Carnot. qui parvint à s'échapper, Barthélemy, Cochon, les généraux Miranda et Morgan, François Stuard, Brotin, Duverne de Presles, Laville Heurnois, Murinais, Barbé-Marbois, Pichegru, Lafond-Ladébat, Tronçon-Ducoudray etc... Le 27 septembre les déportés furent jetés sur la corvette la *Vaillante* et après cinquante jours de traversée arrivèrent à la Guyane. Murinais et Tronçon-Ducoudray y périrent après huit mois de captivité, huit des déportés se hasardèrent sur une frêle pirogue, au milieu d'une mer qui leur était inconnue, et en bravant mille morts ils arrivèrent mourants, mais libres, à Paramaribo, et de là en Europe. Pendant que Barthélemy et ses compagnons d'infortune quittaient la Guyane la frégate *la Décade* y amenait cent-quatre-vingt-treize nouvelles victimes de la proscription de fructidor, dont une partie périt sur ce lieu d'exil, cent-soixante-et-onze y furent encore conduits à la suite de l'attentat du 24 décembre 1800, dit de la machine infernale ; et de nos jours un grand nombre de malheureux y furent conduits.

CAYENNE, capitale de la Guyane française, est située dans une île de son nom; elle se divise en ancienne et nouvelle ville, la première est assez mal construite, et entourée de mauvaises murailles, dominée par un fort en mauvais état. La nouvelle ville est tirée au cordeau et on y remarque plusieurs belles maisons.

Au nord de la Guyane commence cet immense archipel des ANTILLES, le plus considérable de l'Océan atlantique, on le divise en grandes et en petites Antilles, auxquelles on peut joindre les Lucayes qui forment avec elles une suite non interrompue de terre; l'étendue totale de toutes ces îles est de plus de 600 lieues, elles sont au nombre de 800. La plus grande partie de cet archipel a deux fois l'année le soleil au zénith, et par conséquent une température très chaude, tempérée cependant par les vents d'est ou alizés. On ne connaît aux Antilles que deux saisons bien distinctes, la saison sèche, qui dure de la fin d'octobre en avril, et la saison des pluies; elles sont légères et fécondes en avril et mai, et tombent par torrents depuis août jusqu'en octobre. La soif des richesses, qui brave tous les dangers, a depuis la découverte du Nouveau-Monde, fait affronter aux Européens ceux auxquels les expose ce séjour; on n'exploite plus l'or qui y attira les premiers colons, la culture a succédé à la recherche des mines. Le sucre, le café, le cacao, le coton, l'indigo, ont valu plus de trésors aux puissances européennes, que les mines d'or et d'argent n'en avaient procuré aux peuples qui les avaient exploitées, et de plus ont contribué à entretenir une navigation active, et ont alimenté l'industrie.

Les insulaires que les Européens trouvèrent dans les grandes Antilles étaient d'un naturel doux et timide; accablés de travaux fatigants, victimes de traitements cruels et d'une barbarie révoltante, ils disparurent en peu de temps. Les petites Antilles étaient habitées par les Caraïbes, race d'Indiens courageux qui se défendirent longtemps; ils ont aussi cessé d'exister, on trouve encore à Saint-Vincent une race mixte de vrai Caraïbes et de Nègres fugitifs; on les appelle Caraïbes noirs.

Pour remplacer la population primitive et cultiver la terre, les Européens ont transporté depuis trois cents ans, des nègres qu'ils allaient acheter à la côte d'Afrique; ces esclaves forment la classe la plus nombreuse des habitants de l'archipel. De leur union avec les blancs est résultée la classe des mulâtres, dont la plupart sont libres; toute personne née dans les Antilles est désignée sous le nom de CRÉOLE.

Ces îles sont ainsi partagées entre les puissances européennes :

L'Espagne a Cuba et Porto-Rico; la Grande-Bretagne, la Jamaïque, et les Lucayes, et dans les petites Antilles, les Vierges, la Barboude, Antigoa, Saint-Christophe, Mont-Serra, la Dominique, Sainte-Lucie, la Barbade, Saint-Vincent, et les Grenadines, Tabago et la Trinité; les îles françaises sont : La Martinique, la Guadeloupe, Marie-Galante, les Saintes, la Désirade et une partie de Saint-Martin. Enfin le Danemarck possède Saint-Thomas, Sainte Croix, et Saint-Jean, dans le groupe des Vierges; la Suède Saint-Barthélemy et la Hollande, Saint-Eustache, Saba, et une partie de Saint-Martin. Autrefois SAINT-DOMINGUE était partagé entre la France et l'Espagne, depuis la fin du dix-huitième siècle, cette grande île a cessé d'être une colonie européenne; elle est occupée par une république de nègres et de mulâtres. Enfin, le long des côtes de l'Amérique méridionale, l'île de la Marguerite aux Espagnols et les îles de Curaçao, Buenair et Aruba, aux Hollandais, complètent la chaîne.

Celles des Antilles qui offrent le plus d'intérêt sous le rapport historique, sont : d'abord l'île San-Salvador ou Guanahani, l'une de Lucayes, la première terre qui fut découverte dans le Nouveau-Monde.

CHRISTOPHE COLOMB, né en 1442, d'un père fabricant de draps, à Cuccaro, dans le Montferrat, annexe du Piémont, reçut de ses parents une éducation soignée. Quelques voyages en mer et le bruit que faisaient alors les entreprises des Portugais, lui donnèrent du goût pour la navigation. Il conçut qu'on pouvait faire quelque chose de plus grand que ce qui avait été tenté jusqu'alors, et par la seule inspiration d'une carte de notre hémisphère, ou par des raisonnements tirés de la disposition du monde, il jugea qu'il devait y en avoir un autre. Il résolut d'aller le découvrir. Gênes, sa patrie, l'ayant traité de visionnaire, et Jean II, roi de Portugal, lui ayant refusé du service, il se rendit à la cour d'Espagne, où il obtint trois vaisseaux de la reine Isabelle, après avoir éprouvé, de la part de la populace, des marques réitérées de mépris. Il s'est même conservé en Espagne une tradition qui apprend que, quand

Colomb passait dans les rues avec cet air rêveur que devait lui donner le grand projet qu'il roulait dans son esprit, les hommes les plus sensés, portant le doigt au milieu du front et secouant la tête, se disaient les uns aux autres par ce signe que Colomb avait perdu la cervelle. Des îles Canaries, où il mouilla, il ne mit que trente-trois jours pour découvrir la première île de l'Amérique, la nuit du 11 au 12 octobre 1492. C'était celle de Guanahani ; pendant le trajet son équipage ne cessa de murmurer. Il y en eut même qui dirent assez haut que le plus court était de jeter dans la mer cet aventurier, qui n'avait rien à perdre, et qu'ils en seraient quittes en disant qu'il y était tombé en contemplant les astres. Sa petite flotte ayant essuyé un coup de vent qui la mit dans le plus grand danger, ses officiers voulurent faire tourner les voiles, pour chercher une rade où ils pussent abriter les vaisseaux, Colomb seul s'opposa à cette résolution. « Messieurs, leur dit-il, il faut suivre notre destinée ; ce n'est que dans l'autre monde que vous pouvez espérer de trouver un abri. » Enfin, dès que ses compagnons de voyage eurent pris terre à l'île de Guanahani, ils saluèrent en qualité d'amiral et de vice-roi, ce téméraire qu'il voulaient noyer. Les insulaires, effrayés à la vue de trois bâtiments espagnols, gagnèrent les montagnes. Colomb ne put prendre qu'une femme, à laquelle il fit donner du pain, du vin, des confitures et quelques bijoux : ce bon traitement fit revenir les sauvages. Les Castillans leur donnèrent des pots cassés, des morceaux de verre et de faïence. Le Cacique, ou le chef de ces insulaires, leur permit de construire un fort de bois dans l'île qu'ils avaient appelée *l'Espagnole*. Colomb y laissa trente-huit hommes, et partit pour l'Europe. Ferdinand et Isabelle le reçurent, comme il le méritait, ils le firent asseoir et couvrir en leur présence comme un grand d'Espagne, l'anoblirent lui et sa postérité, le nommèrent grand amiral et vice-roi du Nouveau-Monde, et le renvoyèrent avec une flotte de dix-sept vaisseaux. En 1493, il découvrit de nouvelles îles. Telle fut la découverte de l'Amérique.

La JAMAÏQUE fut découverte par Christophe Colomb, dans son second voyage, en 1493 : il y serait mort de faim, sans un stratagème singulier. Il devait y avoir bientôt une éclipse de lune, il envoya chercher les sauvages des environs, leur reprocha leur dureté à son égard, les menaça qu'ils seraient bientôt un exemple terrible de la vengeance du Dieu des Espagnols, et leur prédit que dès le soir la lune rougirait, s'obscurcirait et leur refuserait sa lumière. L'éclipse commença effectivement quelques heures après, les sauvages épouvantés, poussèrent des cris effroyables, allèrent se jeter à ses pieds, en lui jurant de ne plus le laisser manquer de rien.

CUBA, la plus orientale des grandes Antilles présente un assemblage bizarre de presque toutes les nations du vieux Monde. Les blancs, soit Européens, soit Américains, soit Créoles, forment une grande partie de la population ; le reste se compose de Créoles de couleur et de nègres d'Afrique. Un des traits caractéristiques de toute cette population est l'indolence. La capitale de Cuba est la Havane dont le port est le centre d'un commerce considérable.

Haïti, ci-devant Saint-Domingue, est très montagneuse, et remarquable par le nombre et la richesse de ses productions, son commerce a éprouvé de grandes variations en raison des révolutions qui ont bouleversé cette île. Le 6 décembre 1492, Christophe Colomb débarqua sur la côte septentrionale. Les Espagnols restèrent maître de toute l'île jusqu'en 1697, quand la moitié ouest fut cédée à la France. Mais en 1801 les noirs déclarèrent l'indépendance d'Haïti.

Porto-Rico doit son nom à ses mines d'or, aujourd'hui épuisées. Les îles Vierges commencent la série des petites Antilles, et au sud de ces îles vient la Guadeloupe. En 1635, les Français envahirent cette île, et après cinq années de guerre avec les naturels, en restèrent possesseurs.

Ne pouvant vous donner ici tous les détails qu'exigeraient les autres îles de cet archipel, je terminerai par celle de la Martinique, dont le Port-Royal est un des meilleurs ports des Antilles. La Martinique, est la patrie d'une femme dont la mémoire est vénérée, et qu'on appela longtemps l'Ange-Gardien de la France et la mère des malheureux, Joséphine (Rose-Tascher de la

Pagerie), y est née le 24 juin 1765. Belle, élégante, majestueuse, ses traits sans être réguliers, formaient un
ensemble à la fois noble et agréable, ils exprimaient
cette bonté constante qui n'a cessé d'embellir les jours
de son règne.

La mer des Antilles ou des Caraïbes est une des plus fré -
quentés du globe ; sa navigation exige des précautions aux
approches de quelques-unes des îles et de divers points de
la côte, soit à cause des écueils, soit à cause des courants qui sont très violents. Elle communique avec le
golfe du Mexique par le canal de Yucatan, ou détroit de
Cordova. C'est dans la mer des Antilles, sur les côtes
de Paria, que AMERIC VESPUCE reconnut le continent
Américain. Dès que ce célèbre navigateur eut appris
que Colomb venait de découvrir le Nouveau-Monde,
il brûla du désir de partager sa gloire. Ferdinand, roi
d'Espagne, lui fournit quatre vaisseaux, avec lesquels
il partit de Cadix en 1497, parcourut le golfe du
Mexique et prétendit avoir le premier découvert le
continent. En 1501, il découvrit les côtes du Brésil.
Il mourut à l'île Terceire en 1514, après avoir donné
son nom à la moitié du globe. Quand il serait vrai qu'il
eût fait cette découverte, la gloire n'en serait pas à
lui, elle appartient incontestablement, à celui qui eut
le génie et le courage d'entreprendre le premier voyage.
Colomb en avait déjà fait trois en qualité d'amiral et
de vice-roi, cinq ans avant qu'Améric Vespuce en eût
fait un.

La côte nord du golfe du Mexique appartient aux Etats-Unis, depuis les bouches du grand fleuve Mississipi, jusqu'au détroit de Floride.

La République des Etats-Unis, que nous abordons, est composée de vingt-quatre états, d'un district commun à toute l'Union, parce qu'il renferme le chef-lieu de plusieurs territoires. Deux grandes chaînes de montagnes traversent ce vaste pays, les monts Rocheux à l'Ouest, les Alleghanys à l'Est. Une vaste baie s'ouvre sur la côte orientale : c'est la Chesapeak; au nord on remarque la baie de Boston. Les grands lacs supérieurs, Huron, Erié, et une partie du fleuve Saint-Laurent, sont traversés par la limite septentrionale de l'Union, qui s'étend depuis les régions de la zône tempérée jusqu'aux limites de la zône torride. Dans les plaines des états du Sud, le climat, à cause de l'humidité dominante, diffère de celui des pays de l'Europe dont la latitude est la même, la végétation y est abondante, les marais y sont nombreux et malsains. La région tempérée comprend la partie méridionale des états du nord et du centre. La région froide embrasse la partie la plus septentrionale : la transition du chaud au froid y est soudaine ; on y distingue à peine le printemps de l'automne.

L'agriculture, le commerce, la navigation, sont très florissants. Les Etats-Unis qui occupent aujourd'hui une place considérable parmi les plus puissants empires du monde, eurent les plus humbles commencements, et ces commencements sont récents. Cette partie de l'Amérique ne consistait il y a trois siècles, qu'en de vastes solitudes couvertes de forêts impénétrables. En 1497, l'expédition de Jean Cabot, n'avait abouti qu'à la découverte de Terre-Neuve ; quinze ans plus tard, Ponce de Léon explora la côte Sud, qu'il nomma Floride. En 1523, Verazani reconnut la partie septentrionale de cette côte, que Jean de Ribault appela Caroline. La reine Elisabeth, ayant expédié Walter Raleigh, en 1584, vers les mêmes peuples, ce marin en nomma Virginie, la portion qui subsiste encore sous cette désignation. Enfin, en 1750, treize colonies anglaises existaient dans l'Amérique du nord : indignées des vexations nombreuses que la métropole leur infligeait, et notamment à l'occasion de la fameuse taxe du timbre, elles proclamèrent leur émancipation le 4 juillet 1776. La France intervint dans cette lutte en faveur des Américains ; et celui qui a mérité le titre de vétéran de la liberté des deux mondes et d'ami de Washington, La Fayette, courut offrir aux insurgés son bras et sa fortune : l'Angleterre fut contrainte à reconnaître en 1783, l'indépendance absolue de l'Union.

Les habitants, en général, remarquables par leur intelligence, se ressentent de la diversité de leur origine. Les états du Nord-Est sont peuplés de familles hollandaises, allemandes et suisses ; dans le Sud il y a des Espagnols ; les Français sont nombreux vers les bords du Mississipi ; néanmoins, dans l'ensemble, la génération britannique domine. Les indigènes ou Indiens, en bonne partie, sont retirés dans les forêts ou dans les lieux nord-ouest non encore civilisés. La masse de la population sait lire, écrire et compter, mais il y a peu d'hommes qui cultivent les sciences et les arts, parce qu'on est ici, pour ainsi dire, exclusivement occupé à soigner sa fortune ou ses moyens d'existence. Cependant quelques génies supérieurs, comme Franklin et Fulton, revendiquent notre admiration. Les préjugés de la naissance et du rang, qui enchaînent l'industrie, n'existent pas aux Etats-Unis, les hommes y sont libres, calmes et entreprenants jusqu'à la témérité.

LES INDIENS DE L'AMÉRIQUE DU NORD, si bien décrits par Cooper, ont en outre de la finesse de l'ouïe et de la perfection de la vision, une sagacité souvent extraordinaire. De la venaison suspendue à sécher dans la hutte d'un indien Peau-Rouge ayant été dérobée, le sauvage s'élança dans les bois à la poursuite du voleur inconnu. Il n'avait fait que peu de chemin lorsqu'il rencontra quelques voyageurs. Il leur demanda s'ils avaient vu « un petit homme blanc, vieux, portant un court fusil, et suivi d'un petit chien à courte queue. » Les nouveaux venus avaient en effet rencontré le voleur, et ils demandèrent comment le sauvage, qui affirmait ne l'avoir jamais vu, pouvait si bien le décrire.

« J'ai connu que le voleur était petit, répondit l'indien, parce qu'il a amoncelé des pierres pour atteindre à ma viande ; j'ai connu qu'il était vieux, parce que les pas que j'ai suivis dans les bois sur les feuilles mortes étaient courts et rapprochés ; j'ai vu que c'était un blanc, parce qu'il marchait les pieds tournés un peu en dehors, ce que ne font jamais nos Peaux-Rouges, j'ai connu que son fusil était court aux marques laissées par le canon de cette arme sur l'écorce de l'arbre contre lequel il l'avait appuyée ; les traces du chien m'ont appris que l'animal était petit, et les marques faites sur la poussière, où il s'était assis pendant que son maître me volait ma chasse, m'ont fait voir que sa queue était courte. »

Les villes les plus remarquables sont, BOSTON au fond d'une belle baie, NEW-YORK, à l'embouchure de l'Hudson, la ville la plus commerçante des Etats-Uunis, PHILADELPHIE, entre la Delaware et le Schuylkill ; BALTIMORE, CHARLESTON, la NOUVELLE-ORLÉANS sur la rive gauche du Mississipi. Ces villes sont généralement bâties en briques ; les rues sont larges, propres et bordées de trottoirs. Les églises et autres édifices publics sont souvent très beaux et quelquefois en pierre. Les institutions charitables y sont nombreuses.

Le nord de l'Amérique est riche en lacs d'une étendue si considérable, que ce sont de véritables mers d'eau douce. Le vent y soulève des tempêtes et des vagues aussi fortes que sur la Méditerranée : l'Angleterre et les Etats-Unis y entretiennent des vaisseaux de guerre, et le commerce des pelleteries y a fait construire une grande quantité de navires marchands à fond plat, afin de pouvoir les échouer sans danger. La rivière de Niagara, qui va ensuite former l'immense fleuve Saint-Laurent, prend sa source dans la partie orientale du lac Erié, son cours est d'abord embarrassé de rochers, autour desquels les vagues tourbillonnent avec fureur ; puis ensuite sa largeur augmente, les rochers disparaissent, et la rivière, calme en apparence, court avec une effrayante rapidité, jusqu'à ce qu'elle aille se jeter dans le lac Ontario. Mais entre ces deux lacs, il y a une différence de niveau, de plus de 64 mètres, et cette différence de niveau, la rivière la franchit d'un seul bond ; c'est la célèbre CHUTE DU NIAGARA !

Trois milles avant d'arriver à cette immense cataracte, qui est une des plus grandes merveilles du monde, on trouve sur le bord de la rivière le petit fort de Chippeway ; c'est là que s'arrête la navigation. Malheur à l'embarcation qui oserait s'en éloigner de quelques coups de rames ! elle serait saisie par le courant, et brisée contre les rochers de la côte, qu'elle ne pourrait éviter que pour être entraînée par une force irrésistible, vers le gouffre qui ne rend jamais ses victimes.

A mesure que la rivière approche du précipice où elle doit s'engloutir, son courant devient plus rapide, ses eaux redoublent de violence, ses vagues irritées se précipitent avec une sorte de rage contre les rochers qui gênent leur passage, jusqu'à ce que tout-à-coup elles se précipitent en masse. Un mouvement considérable et subit, qu'elles font à droite, donne à la formidable nappe d'eau une direction oblique qui augmente sa largeur. C'est alors que se présente aux yeux du hardi voyageur le plus étonnant spectacle que Dieu ait jeté au fond de ces affreuses solitudes depuis la création du monde.

Longtemps avant d'y arriver, on voit une colonne blanchâtre et transparente s'élever du milieu de la chute, et monter tourbillonnant dans les airs ou s'appuyer sur les nuées qui précèdent les orages; un bruit terrible qui égale celui du tonnerre et de l'artillerie, se fait souvent entendre à plus de quarante milles, et une vapeur, qui mouille et pénètre à la longue comme le ferait la plus forte ondée, surcharge l'atmosphère.

Cette majestueuse merveille se partage en trois nappes; la plus considérable, qui présente une forme demi-circulaire, a reçu le nom de *fer à cheval*, elle a 600 mètres de large, et s'appuie d'un côté sur le bord escarpé, taillé à vif dans les couches de roche, et de l'autre sur une île qui domine la chute. Cette île, qui a trois cent cinquante mètres d'étendue, laisse échap-; per une chute rapide et violente, mais qui n'a que cinq mètres de large; puis avec une autre portion de rochers de 30 mètres, vient la troisième chute, qui offre une nappe de trois cent cinquante mètres.

Cette masse immense offre un développement total de mille trois cent cinquante mètres, une hauteur de cent soixante, et précipite six cent soixante-douze mille tonneaux d'eau par minute! poids incalculable

Tour du monde. 8

dont les efforts, sans cesse reproduits, ont creusé dans le roc un abîme sans fond. L'eau en se précipitant tourbillonne blanchâtre, et remonte en masse écumeuse à une hauteur considérable. En hiver elle entraîne dans le gouffre d'immenses glaçons que la rivière a charriés ; ces pièces de glace s'amoncellent et reparaissent en effrayantes montagnes au pied de la chute.

Tous les voyageurs qui ont visité cette prodigieuse merveille s'accordent à dire qu'à la vue de cet imposant spectacle, ils ont été saisis d'un étonnement si extraordinaire, que, privés pendant quelques instants de la faculté de réfléchir, ils sont restés plongés dans une admiration stupide, éblouis par cet immense mouvement qui semblait toujours devenir plus rapide, et par ce bruit terrible et varié qui mugissait, tonnait, sifflait et éclatait à la fois. Aussi sont-ils presque tous restés plusieurs jours au fort Chippeway pour y revenir souvent contempler un spectacle qui leur a paru chaque fois plus étonnant et plus sublime. Et cependant ce n'est ni sans peine, ni sans dangers qu'on peut s'en approcher.

La rivière est encaissée entre deux coteaux escarpés, hérissés de rochers, de broussailles épaisses et d'arbres gigantesques qui sont là depuis des siècles. Il serait impossible de descendre sur ses bords si des masses, ne s'étant détachées dans deux endroits différents, n'avaient fait deux espèces de brèche. Pour arriver au pied de la chute on côtoie la rivière, gravissant des rochers humides et glissants, escaladant des éboulements de terre, rampant à travers d'étroits passages, au risque de faire à tout moment une chute mortelle.

A quelque distance de la cataracte on trouve, amoncelée sur le rivage, une prodigieuse quantité de poissons, d'écureuils, de renards, d'ours et d'autres animaux qui, entraînés et surpris par le courant, ont été précipités dans le gouffre et puis ensuite poussés sur le rivage.

L'eau s'élance avec tant d'impétuosité du haut de ta masse calcaire qui offre une forte saillie en avant, qu'on pourrait s'avancer derrière l'immense nappe d'eau, si on n'en était empêché par un vent impétueux qui tourbillonne resserré dans cet étroit espace.

Au nord des Etats-Unis sont les possessions ANGLAISES DE L'AMÉRIQUE SEPTENTRIONALE, vaste contrée comprenant le Haut et le Bas-Canada, le Nouveau-Brunswick, la Nouvelle-Ecosse, les îles de TERRE-NEUVE, de Cap-Breton, de Saint-Jean, au centre le territoire des Esquimaux et d'une multitude d'Indiens chasseurs, errants entre la mer d'Hudson et les Monts-Rocheux, la Nouvelle-Calédonie et enfin les terres et les îles de la mer Polaire encore très peu connues.

Les côtes du CANADA furent découvertes en 1497, par Jean Cabot navigateur vénitien au service de l'Angleterre. En 1534, Jean Cartier, Français, prit possession du pays pour son souverain, mais ce ne fut qu'en 1608 que la colonie, sous le nom de *Nouvelle-*

France, commença à prospérer, lorsque Québec **fut** pris par les Anglais en 1628.

Le Canada fut rendu à la France en 1632; la Grande-Bretagne en convoitait sans cesse la possession. Après plusieurs tentatives infructueuses, renouvelées pendant toutes les guerres, ses troupes s'emparèrent de Québec le 18 septembre 1759; l'année suivante, toute la colonie, que la métropole abandonnait à ses propres forces, fut obligée de se soumettre aux Anglais. Le traité de paix de 1763 leur en assura la possession.

A chaque pas cette contrée offre encore au français qui la parcourt un intérêt nouveau; elle en a conservé la langue, les mœurs, les habitudes, et ses villes ainsi que ses campagnes ont des noms qui rappellent les plus glorieux événements de notre histoire.

Tous les voyageurs s'accordent à reconnaître chez les Canadiens, en général, la gaîté et la vivacité françaises; ils sont polis, tempérants, passionnés pour la danse, ont des manières aisées et la conversation engageante; il règne entr'eux une harmonie si grande, que souvent trois générations habitent sous le même toit; ils se font remarquer par beaucoup d'indolence, et cependant sont actifs et au besoin courageux. La masse du peuple est encore ignorante, excepté dans les villes où elle montre quelque peu d'instruction. On parle français dans le Bas-Canada, et anglais dans le Haut-Canada.

Québec, capitale du Bas-Canada, est situé sur un promontoire de la rive gauche du fleuve Saint-

Laurent, à 80 mètres au-dessus du niveau des eaux.
La basse ville est mal bâtie, la ville haute, défendue
par la nature et par l'art a des maisons en pierre,
petites et de mauvais goût. MONTRÉAL est entouré de
hautes murailles, les navires mouillés le long de la terre,
le font ressembler à un port de mer de l'ancien continent. C'était autrefois le siège des affaires et l'entrepôt
des marchandises de la colonie, qui fait un commerce
considérable de pelleterie.

YORK, capitale du Haut-Canada, sur une baie du lac
Ontario, n'a guère plus de 500 maisons, la plupart
en bois.

KINGSTON, à l'extrémité nord-est du lac Ontario,
offre le port le plus grand et le plus commode du lac.

Le NOUVEAU-BRUNSWICK, au sud de l'embouchure du
fleuve Saint-Laurent est sous un climat plus âpre que
sa situation ne le ferait croire, on y éprouve six mois
d'un hiver rigoureux, les forêts dont l'intérieur du
pays est couvert, fournissent de belles mâtures, sa
capitale est Frédericktown
La NOUVELLE-ECOSSE, grande presqu'île qui ne tient
au continent que par un isthme, a la baie de Fundi
au sud, et le golfe de Saint-Laurent au nord. Sa ville
principale est HALIFAX, excellent port qui peut servir
de rendez-vous aux flottes croisières et de refuge aux
vaisseaux marchands. Les îles Saint-Jean ou du Prince-
Edouard, sont regardées comme le grenier du Canada.

Plus au nord-est se trouve l'île de TERRE-NEUVE, l'intérieur présente une contrée basse, pittoresque, couverte de bois et traversée par des collines peu élevées, mais nulle part un sol susceptible de culture. Les côtes sont habitées par les colons, pêcheurs de morues, qui y ont des magasins pour préparer et garder le poisson jusqu'au moment où ils l'envoient en Europe. Cette île appartenait à la France depuis 1525, elle passa aux Anglais en 1713, et leur fut cédée par le traité d'Utrecht. Les Français ont conservé le droit de pêcher au nord et à l'ouest de l'île, et y possèdent encore les îles de Saint-Pierre et Miquelon.

Le GRAND BANC DE TERRE-NEUVE, sur lequel le fond de la mer est couvert d'une grande quantité de coquillages, est fréquenté par une multitude de petits poissons, qui servent, la plupart, de nourriture aux morues, très nombreuses sur ce banc. Une immense quantité de navires, appartenant surtout aux ports de la Grande-Bretagne, des Etats-Unis et de la France vont pêcher ce poisson, qui se multiplie si prodigieusement, qu'on n'a encore remarqué aucune diminution dans l'abondance de la pêche : un nombre infini de pingoins indiquent, en quelque sorte, la place du banc de Terre-Neuve, en volant au-dessus.

La PÊCHE DE LA MORUE est la source principale des richesses de Granville, Saint-Malo, Saint-Brieuc; leurs grands bâtiments se rendent sur le banc de Terre-

Neuve dès que la fonte des glaces leur permet d'en approcher; le poisson s'y montre au printemps. Plusieurs procédés sont employés pour cette pêche, on se sert de la *ligne* et de la *seine*. La seine est un grand filet rectangulaire, dont le bord supérieur est garni de liége et le bord inférieur de plomb. On fixe une extrémité près de la côte, et, avec un bateau, on va porter l'autre extrémité à un autre point, en ayant soin de décrire dans la route une courbe, de façon à former une sorte d'enclos circulaire où le poisson se trouve enfermé sans pouvoir s'échapper. Cela fait, des hommes à terre, ramènent la seine à eux, en tirant sur les deux extrémités, et entraînant avec elle toutes les morues. Un seul coup de seine rapporte quelquefois la charge de plusieurs bateaux.

Les lignes de fond, les plus favorables, consistent en cordes très fortes, sur lesquelles on fixe, à la distance de deux mètres l'une de l'autre, des lignes de pêche de quatre-vingts centimètres, armées chacune d'un hameçon garni d'un appât. A l'aide de cette disposition, les hameçons ne peuvent s'accrocher les uns aux autres. Les cordes disposées convenablement dans de grandes mannes, sont distribuées ensuite sur des chaloupes qui quittent le navire, et vont les tendre à quelques distances. On attache à une des extrémités un grappin qui l'entraine au fond de l'eau, puis on s'éloigne, en filant la ligne de fond jusqu'à l'autre bout où l'on fixe un second grappin. Chaque grappin tient à un petit câble qui est amarré à une bouée de liège. Cette bouée reste flottante, et elle est surmontée elle-même d'un petit pavillon. Lorsque les cordes ou lignes de fond, ont passé six ou huit heures dans l'eau, les chaloupes reviennent et les retirent.

Dans un temps favorable, on peu disposer, par ce procédé deux ou trois mille hameçons. Les produits de cette pêche sont fort abondants, et s'élèvent quelquefois à soixante-dix mille morues pour un équipage de treize à quinze hommes, ce qui fait environ quatre mille cinq cents morues par homme.

Ne quittons pas ces parages sans mentionner le CHIEN DE TERRE-NEUVE, belle et grande espèce, au corps très garni de poils longs et soyeux, à la queue longue, retroussée et touffue, et remarquable surtout par la membrane qui réunit ses doigts dans la moitié de leur longueur, et par la facilité avec laquelle il se jette à l'eau, qui paraît être pour lui un second élément. C'est cette qualité qui l'a fait élever dans quelques endroits pour sauver les hommes qui courent le danger de se noyer, et il a rendu, sous ce rapport, de nombreux services, je ne vous en citerai qu'un exemple.

Le *Durham*, paquebot de Sunderland avait fait naufrage sur les côtes de la province de Norfolk ; l'équipage et les passagers ne pouvaient être sauvés qu'en établissant une amarre entre le bâtiment et la terre ; mais la côte était trop éloignée pour qu'on pût y lancer un cordage, et la tempête trop violente pour qu'aucun matelot osât rendre à ses compagnons d'infortune le périlleux service de porter ce cordage à terre. Heureusement pour ces naufragés, il y avait à bord un chien de Terre-Neuve ; ce fut à cet animal que l'on confia l'aventureuse commission. On lui mit dans la gueule le bout de la corde de sauvetage, et il s'élança au milieu de l'épouvantable fracas des lames qui se brisaient les unes contre les autres.

Il avait déjà fait une grande partie du trajet, lorsque ses forces commencèrent à l'abandonner, sans que pourtant il lâchât le bout du cordage. Deux marins intrépides, qui se trouvaient alors sur la côte, avaient admiré les persévérants efforts de ce chien ; ils virent sa détresse, et ne balancèrent point à s'exposer eux-mêmes pour le secourir, ils l'atteignirent en effet au moment où il allait succomber, prirent la corde qui était entre ses dents, l'aidèrent à gagner le rivage, et alors on put sauver les neuf personnes qui durant toute cette manœuvre, avaient désespéré de leur vie. Si le chien n'eût pas épargné aux deux braves marins la plus grande partie du trajet, il leur eût été impossible de le faire deux fois, en allant et en revenant, et l'équipage eût péri.

Au nord de Terre-Neuve est le LABRADOR, vaste presqu'île. Les côtes sont la partie la mieux connue de ce pays ; presque partout elles sont escarpées, rocailleuses, découpées et parsemées d'une infinité d'îlots. La portion de l'intérieur connue est en général d'un aspect triste, à cause des neiges et des glaces dont elle est couverte. Parmi les animaux on remarque les OURS BLANCS. On divise les habitants du Labrador en deux classes. Les Indiens des montagnes et les PETITS-ESQUIMAUX; les premiers habitent l'intérieur, les seconds fréquentent les côtes. Les uns et les autres sont de petite taille, mais d'une constitution robuste et capable de supporter de grandes fatigues. La quantité de lacs et de rivières dont le pays est entrecoupé, leur donne le moyen de se rendre facilement d'un point à un autre avec leurs légers canots d'écorce de bouleau. Lorsque l'hiver a couvert la contrée de neiges et de glaces, ils ont des traineaux que tirent des chiens vigoureux. Leurs principales occupations sont la chasse et la pêche, dans lesquels ils montrent beaucoup d'adresse. Les fourrures sont pour eux l'objet d'un commerce assez considérable. Les frères Moraves, conduits par le noble désir de civiliser et de convertir les Esquimaux, ont formé, sur la côte orientale, l'établissement de Nain, où les Anglais que l'on retrouve partout, ont une factorerie; cette côte règne sur la mer d'Hudson, qui baigne au nord les TERRES-ARCTIQUES, triste région qui n'offre rien pour varier sa morne uniformité; là, ni verdure, ni feuillage, tout au plus quelques pâles lichens dont les maigres contours rampent sur ce sol. C'est un hiver éternel, impitoyable; toujours la terre est enveloppée d'un épais manteau de neige, et même durant le passage d'un été court et tardif, les pics de glace dont la mer est hérissée bravent sans danger le soleil, qui ne peut entamer leurs masses gigantesques.

Pourtant ces neiges et ces glaces ont leurs habitants; mais c'est la Providence qui les a placés là : ignorants d'un monde meilleur, ils traînent, dans celui où ils se trouvent jetés, leur vie misérable, rongeant la mousse des rochers, pressant la neige durcie pour en humer l'eau, épiant les monstres de la mer afin de savourer l'huile et la graisse que recellent leurs flancs, luttant les uns contre les autres, quand la faim, leur premier instinct, les pousse au combat. Vous voyez cet ours blanc à la gueule béante, écartant sous d'énormes pattes le phoque qu'il vient de surprendre ; mais cette proie n'est pas encore à lui, car les Esquimaux sont prêts à la lui disputer ; tels sont les passe-temps de leur dure existence.

Les Européens ont cependant bravé tous les dangers pour explorer ces plages inhospitalières, et chercher au nord de l'Amérique un passage qui permît de gagner l'Asie et les Indes sans être obligé d'aller doubler le cap de Bonne-Espérance, ou traverser le détroit dangereux auquel Magellan à donné son nom. L'Angleterre a surtout manifesté un vif intérêt à résoudre ce problème, et c'est à elle que sont dues la plupart des tentatives opérées dans ce but.

Le premier homme, qui hasarda sur ces mers un voyage dont les résultats aient donné quelque espoir de succès, fut un Portugais, GASPARD DE CORTÉRÉAL.

Encouragé par ses découvertes antérieures, il mit une seconde fois à la voile dans les premières années du seizième siècle, mais il ne reparut jamais ; son frère, Michel de Cortéréal, parti pour chercher ses traces, partagea le même sort et ce fut depuis le partage de bien d'autres.

Pleins d'espoir, Ross et Parry, les premiers, partirent ensemble en avril 1818 ; mais, après avoir exploré quelques baies nouvelles, après avoir reconnu quelques îles, ils revinrent au bout de six mois en Angleterre, sans avoir répondu à l'attente générale de l'opinion.

Depuis, Parry a fait trois voyages successifs aux frais du gouvernement, et Ross a tenté une expédition audacieuse, avec un équipage d'une vingtaine d'hommes seulement, sur un bateau à vapeur qui a péri. Ross est resté quatre ans absent ; longtemps on a douté qu'il eût pu résister aux immenses dangers de son entreprise ; et c'est avec enthousiasme que ses compatriotes l'ont accueilli, lors de son retour le 18 octobre 1833.

Quoique le but définitif de toutes ces entreprises n'ait point été atteint, on leur doit une foule de découvertes des plus intéressantes ; ce qui les rend plus précieuses ce sont les périls et les fatigues sans nombre auxquels se sont exposés les hardis explorateurs : un seul exemple en donnera une idée.

Durant les trois derniers voyages du capitaine Parry, au lieu de regagner pour l'hiver les régions tempérées,

celui-ci, afin d'être prêt à continuer ses recherches
avec le retour de la saison favorable, établissait ses
quartiers dans quelque coin retiré de ces parages.
En hiver, la navigation devient impossible, la glace
s'étend sur tout la surface de l'Océan et défend aux
vaisseaux d'avancer. Elle arrive inopinément, et, en
septembre 1819, les deux bâtiments que le capitaine
Parry commandait, l'*Hécla* et le *Griper,* se trouvèrent
pris tout à coup au milieu d'un immense plateau qui
recouvrait au loin la mer tout entière. Il fallut, pour
gagner le point encore éloigné de deux à trois milles
où l'on projetait de séjourner, ouvrir avec la scie, dans
la glace, qui n'avait pas moins de sept pouces d'é-
paisseur, un canal assez large pour donner passage aux
bâtiments.

Une fois fixés dans ce lieu où ils devaient stationner
huit ou neuf mois, et où la glace les retenait prisonniers, on prit toutes les précautions possibles pour
garantir les bâtiments et les provisions qu'ils contenaient de toute avarie. Les mâts furent dépouillés de
leurs voiles, et, sur chaque navire, on éleva une
charpente en forme de toit, qui fut soigneusement recouverte de banne ouatée. Tout ce qui put être
transporté à terre servit à débarrasser les ponts pour y
laisser une place suffisante aux exercices de l'équipage. La neige, amoncelée en tas autour de la partie
inférieure des navires, leur servit de premier rempart
contre le froid; et dans l'intérieur, des fourneaux
entretinrent un état convenable de chaleur et de séche-

resse Par une distribution judicieuse des aliments et des boissons, par une recherche minutieuse d'ordre et de propreté, on se garantit des atteintes du scorbut. Lorsque le temps le permettait, les matelots se rendaient à terre pour prendre un salutaire exercice ; sinon ils pouvaient courir sur le pont en mesure et accompagnés par le jeu d'un orgue ou par quelques chansons improvisées par quelques-uns d'entre eux. Dans les premiers temps, on avait la chasse; mais, lorsque la saison fût plus avancée, les rennes et les bœufs musqués émigrèrent, et l'équipage se trouva au milieu de cette contrée plus isolée encore, dont le silence n'était désormais interrompu que par le hurlement sauvage des loups, et le piétinement des renards restés fidèle à leur patrie.

Mais il ne suffisait point de pourvoir aux besoins physiques, il fallait combattre l'abattement moral qui pouvait donner aussi prise à la maladie redoutée. On eut des journaux : la *Gazette de la Géographie septentrionale* et la *Chronique d'hiver* furent expédiées d'un bord à l'autre, portant à chaque équipage les nouvelles de ses voisins. Ce fut un premier divertissement. Plus tard, un théâtre fut monté, avec ses pièces, ses acteurs, ses costumes, ses discours improvisés. Le croirait-on? il y eut des moments de folle gaîté, durant ce long hivernage, surtout lorsqu'un malin compagnon imagina de mettre à la mode les mascarades où chacun jouait son rôle de manière à dépasser les con-

jectures de ses camarades intrigués par de demi-con-
fidences ou de fines allusions.

Au milieu de tous ces plaisirs, on trouva le temps
aussi de vaquer à des occupations sérieuses. On ouvrit
une école, et plus d'un matelot, parti avec ses membres intacts, mais avec une instruction bornée, est
revenu riche de connaissances nouvelles, mais privé
d'un doigt que le froid avait surpris et que le scalpel
du chirurgien avait impitoyablement tranché !

C'est ainsi que se passa l'hiver ; durant trois mois, le
soleil même avait disparu. Le 5 février, du sommet
d'un mât de l'*Hécla*, on put apercevoir ses premiers
contours, et le 7 du même mois son orbe entière avait
dépassé les bornes de l'horizon.

Ce n'est qu'au mois d'août que le retour d'un troupeau de bœufs musqués annonça le terme de leur exil
aux deux équipages. On lui donna la chasse, et la
chair de deux de ces animaux servit au banquet qui
célébra cette époque longtemps attendue. Les navires
furent dégarnis de leur toison d'hiver : on rendit
aux mâts leur parure, l'ancre fut levée ; et, des deux
bords, de joyeux adieux vinrent frapper les échos de
la terre malheureuse que ce départ rendait à son ancienne solitude.

Depuis, plusieurs expéditions ont été faites sans
succès. L'un des plus illustres officiers de la marine
anglaise, JOHN FRANKLIN, fut envoyé, en 1845, par l'a-
mirauté pour chercher le fameux passage entre le

Spitzberg et le détroit de Berhing. John Franklin
reçut le commandement de deux navires l'*Erebus*
et la *Terror*. Ce ne fut que deux ans plus tard
à l'époque espérée de son retour, que l'opinion
s'inquiéta de son silence mystérieux; plusieurs expéditions furent envoyées à sa recherche, elles
eurent de grands résultats pour la géographie; elles
n'aboutirent à rien pour ce qui regarde l'objet spécial de leur mission. Ce n'est qu'en 1855 que l'on
acquit presque la certitude de la fin déplorable de John
Franklin et de ses intrépides compagnons. En 1851,
un de nos compatriotes, jeune officier de marine, pen-
sant qu'à défaut d'un navire spécial, il fallait tout au
moins que la France fut représentée par l'un de ses
enfants, pour retrouver les traces de Franklin, sollicita
et obtint de lady Franklin de partir gratuitement,
comme officier, sur le bâtiment qu'elle armait à ses
frais pour le lancer dans les mers de glaces au secours
de son mari. Chargé de faire parvenir des dépêches au
capitaine Belcher, BELLOT prit un traîneau, un bateau en
caoutchouc, quatre hommes, et tira vers le nord. Arrivé
à la limite des glaces, il se préparait avec ses hommes
à mettre le bateau à l'eau, quand vient une rafale qui
emporte au nord le fragment de glaces qui les soute-
nait. Dans l'impossibilité de lutter contre ce malheur
inattendu, ils se taillent une sorte d'abri dans la glace,
et attendent tristement. Au fort de la tempête, Bellot
passe derrière le bloc qui les abrite pour regarder au
loin; les autres, ne le voyant pas revenir, vont explo-

rer la glace, et finissent par trouver au bord d'une crevasse, le bâton de voyage du lieutenant, cette épave disait tout.

Quand on apprit les détails de sa mort, l'émotion fut à son comble, aussi bien chez les Anglais que chez les Français.

Napoléon III prit 2,000 francs sur sa liste civile pour faire une pension à la famille de l'infortuné lieutenant et sa ville natale, Rochefort, vota un monument à sa mémoire.

L'Angleterre lui a élevé un monument à Greenwich, à l'endroit même où Bellot, avant de monter à bord du *Phœnix*, reçut les adieux de ses amis. A la réunion de la Société de géographie où fut décidée l'érection du monument, l'éloge de Bellot fut prononcé par le premier lord de l'amirauté.

Un exemple montrera combien Bellot était aimé de ceux qui le connurent. Les marins du *Phœnix*, à la nouvelle qu'on élevait une statue au lieutenant, voulurent donner toute leur paye et on eut beaucoup de peine à les en empêcher.

Bellot a laissé sur ses expéditions des récits qui ont paru sous le titre de « *Journal d'un voyage aux mers polaires.* »

De nombreux navires continuèrent à sillonner les mers à la recherche de Franklin. Sa femme envoya à ses frais des expéditions vers le pôle ; l'amirauté anglaise et les Etats-Unis joignirent leurs efforts qui, malheureusement, restèrent sans résultats.

Des informations prises par les américains Rae et Hall, de 1854 à 1862, il résulta que les Esquimaux avaient vu, en 1850, une troupe d'hommes blancs, au nombre de quarante environ, sur l'île du Roi-Guillaume, et que, quelques mois après, des Indiens avaient trouvé leurs cadavres au nord-ouest de la rivière du Grand-Poisson de Back. On est à peu près certain que c'étaient les restes des équipages de l'*Erebus* et de la *Terror*. Malgré ces preuves irrécusables, lady Franklin obtint de l'Angleterre une dernière tentative qui ne donna pas plus de résultats que les autres, et où s'engouffrèrent les débris de sa fortune.

Au mois de décembre 1866, une statue a été élevée à sir John Franklin : il est représenté en uniforme de commandant ; sa main droite tient un télescope. Sur le piédestal sont inscrits les noms des officiers et matelots composant les équipages des deux navires.

Un des américains qui avaient été à la recherche de Franklin en 1850, le voyageur Kane, reprit en 1853 la route du pôle. Parti le 30 mai sur l'*Avance*, il atteignit le 82ᵉ degré de latitude nord. Après un voyage de dix-huit mois, il revint à New-York. (octobre 1855). Deux ans après il mourait à la Havane des suites de ses fatigues.

En 1866, un français, Gustave Lambert, capitaine de la marine marchande, entreprit de découvrir le pôle nord. Il ne voulait pas seulement, comme ses devanciers, trouver un passage entre l'Atlantique et le

Pacifique, il voulait arriver jusqu'au pôle et y placer une bouée ou un poteau aux armes de la France. Les conférences qu'il fit à Paris et en province eurent un certain retentissement. Malgré son activité infatigable et l'appui du ministre Duruy, il ne put réunir les 600,000 francs nécessaires aux frais d'expédition. Tout ce qu'il put faire fut d'acheter un navire, le *Boréal*, et d'attendre de la générosité des souscripteurs l'argent qui lui manquait. Sur ces entrefaites éclata la guerre de 1870 : Lambert fut nommé capitaine dans la garde nationale de Paris, puis colonel des vétérans parisiens. Se trouvant dans l'inaction, il donna sa démission, s'engagea comme simple soldat au 119° de ligne, se battit au Bourget, et fut tué à Buzenval au moment où il venait de passer sous-lieutenant. Il léguait par son testament, au ministre de la marine, son navire et les sommes provenant des souscriptions.

En 1875 le capitaine Nares, de la marine anglaise, a été chargé d'une expédition au pôle nord. Il partit le 22 juillet d'Upernavichk.

Il fallut, dit-il dans son rapport, passer au milieu des glaces de la baie de Baffin. On parvint sans encombre au cap York, on y fit séjour puis on repartit pour Port-Foulke où on jeta l'ancre. On y resta pour se remettre de ses fatigues : grâce à un courant chaud de l'Océan et aux vents du nord qui soufflent à l'entrée du détroit de Smith, il règne sur ce point de la côte un printemps perpétuel. Puis l'expédition se rendit au cap Isabelle : après toutes sortes de difficultés au milieu des glaces, elle arriva le 25 août dans un port bien abrité à l'ouest du cap Bellot. Là on laissa un des deux navires et l'*Alert* continua seul.

Le 31 aout, à midi, ce navire arrivait au 83ᵉ degré de latitude, le point le plus élevé qui ait jamais été atteint.

Tout récemment, un intrépide navigateur suédois, le professeur Nordenskjöld, vient de jeter un jour nouveau sur la question des mers polaires, en découvrant le passage Nord-Est.

Nordenskjöld est né le 18 novembre 1832 à Helsingfors (Finlande). Safami lle était connue depuis longtemps par sa passion pour les recherches scientifiques. Il fut, au début de ses études, assez mauvais élève et son père lui ayant laissé la liberté de faire ce qu'il voudrait, il devint un naturaliste distingué. En 1857, il obtint le titre de docteur et partit pour Stockholm où on lui donna une chaire à l'académie

A cette époque, il fit un premier voyage dans la Nouvelle-Zemble et en rapporta tout un bagage scientifique d'une très grande valeur. Il fit une seconde fois le même voyage, et partit ensuite pour le Groënland, afin d'étudier la composition des glaciers. Abandonné par ses guides, Nordenskjöld continua seul, se rendit compte de la façon dont on attelle les chiens aux traîneaux, fit de nombreuses observations sur la nature du sol dans ces contrées, et revint encore une fois chargé de plantes, de minéraux et de fossiles.

Après de nouveaux voyages dans la Nouvelle-Zemble, le professeur fit voile vers le pôle nord en compagnie d'Anglais et de Russes. Au delà du 81° degré de latitude, des obstacles infranchissables l'arrêtèrent et il revint découragé, craignant que le voyage au pôle ne fût pas possible. Il avait épuisé les subsides donnés par le gouvernement finlandais, et il n'espérait pas pouvoir en obtenir d'autre d'un pays aussi pauvre.

C'est alors que des armateurs de Gothenbourg confiants dans son génie, lui offrirent de l'argent et armèrent un navire qu'on appela l'*Epreuve*. Avec ce navire, Nordenskjöld a fait huit voyages : un au Groënland, un au pôle nord, cinq à la Nouvelle-Zemble, et un à l'entrée de la mer de Kara. A chaque voyage il rapportait des trésors pour la science.

Le 4 juillet 1878, le docteur quitta Gothenbourg, sur la *Véga*, petit vapeur de 400 tonneaux, commandé par un capitaine de la marine suédoise. A bord se trouvaient dix zoologistes et naturalistes, des officiers de marines étrangères et un équipage composé de vingt hommes. Nordenskjöld était décidé à entreprendre un long voyage et son énergie devait le mener à bonne fin.

Le navire longea les côtes de la Norvège, toucha aux îles Loffoden, doubla le cap nord, et le 30 juillet traversa le détroit d'Iugor, au Nord de la Russie. Il arrivait sur les côtes de Sibérie le 7 août et restait jusqu'au 10 à Port-Dickson; le 13 il doublait le cap Taïmour, le 20 le cap Tchéliouskine; le 24 il touchait à l'île Praobratchenie et le 30 à l'île Blichni. Le

4 septembre il passait au milieu des îles aux Ours
et attérissait le 8 sur la côte nord-est de la Sibérie.
Le 14 il remit à la voile; déjà plein d'espérance,
Nordenskjöld voyait les derniers obstacles surmontés,
quand, le 18 septembre, par 78 degrés de latitude
nord, le vent se mit à souffler du pôle, et presque
instantanément les glaces se formèrent autour de la
Véga et l'arrêtèrent.

Il fallut rester huit mois dans cette situation, de
septembre 1878 à juillet 1879 : le thermomètre descendit à — 56 degrés et le mercure gela. On employa
tous les moyens pour prévenir les maladies et empêcher l'ennui de gagner l'équipage. On joua la comédie,
on alla faire des excursions sur la neige, visiter les
habitants du pays qui vivent pêle-mêle et nus dans
des cabutes hermétiquement closes où règne une chaleur de 56 degrés. Un habitant prêta au professeur un
traîneau et des chiens, avec lesquels il put faire de
longues expéditions et rapporter des échantillons
remarquables de la flore de ces contrées. Il fit briser
la glace et opérer des sondages qui ramenèrent des
plantes marines plus vigoureuses que celle des mers
tropicales ; il observa la construction des blocs de
glace, leur épaisseur, et, au moyen d'un observatoire
construit à un kilomètre du rivage, il obtint un grand
nombre d'observations météorologiques de la plus
grande utilité. De cette façon, il sut conserver parmi
les hommes de son équipage, l'entrain, l'amour du

travail et la santé, et éviter les révoltes si fréquentes en pareil cas.

Le mois de juillet arriva et avec lui la débâcle. Le 18, la *Véga* put sortir de sa prison de glaces et reprendre sa route. Le 2 août, elle franchissait le détroit de Behring, et le 14 arrivait à l'île du même nom d'où elle repartait pour le Japon. Le 2 septembre 1879, Nordenskjöld était à Yokohama.

Nous ne décrirons pas son voyage d'Asie en Europe; tout le monde connaît l'itinéraire d'une traversée de Marseille à Yokohama. Au mois de mars 1880, le professeur arrivait à Londres, où un accueil des plus chaleureux lui était fait.

Au mois d'avril, Nordenskjöld est venu à Paris. Le président de la République et le conseil municipal ont tenu à le recevoir : il a été décoré de la Légion d'honneur.

Les Terres Arctiques sont peuplées d'animaux dangereux, les ours blancs, d'abord, plus grands que les ours bruns; on en a vu qui avaient plus de quatre mètres de longueur. Leur vue est faible, leur odorat assez fin, ils montrent une brutalité stupide et une méchanceté que l'on parvient rarement à vaincre par les bons traitements ; ils se nourrissent principalement de poissons. Pendant l'hiver, l'ours polaire, reste dans une sorte de léthargie, sans manger, et ordinairement entouré d'une grande quantité de neige. L'épaisse couche de graisse qui le recouvre au commencement de l'hiver suffit à sa nourriture. Sa fourrure est très recherchée.

Les troupeaux de daims et de bœufs musqués sont ordinairement suivis par des bandes de Loups ; tandis que les premiers paissent sans méfiance, les loups se rassemblent, s'avançent lentement en formant un demi-cercle, ils ont soin de ne pas faire le moindre bruit, jusqu'à ce que la retraite soit coupée, ils pressent alors le pas en poussant d'effrayants hurlements. Les timides animaux fuient vers les précipices et y tombent poussés les uns par les autres ; ils deviennent ainsi la proie de l'ennemi, qui semble avoir prévu ce résultat.

Les Terres Arctiques dont je viens de vous donner une idée, sont séparées du Groënland par la mer de Baffin et le détroit de Davis, c'est une grande contrée dont les côtes, battues par des mers orageuses, et presque partout hérissées de rochers et de glace, sont découpées par de fréquents enfoncements. Une chaîne de montagnes qui traverse le Groënland du nord au sud, partage ce pays en oriental et occidental, toutes ces montagnes offrent l'aspect le plus effrayant et en même temps le plus digne d'admiration. Elles sont couvertes d'énormes glaciers, et entrecoupées d'affreux précipices, où sont amoncelées des neiges éternelles. On y distingue de vastes plateaux entièrement formés de glaces ; on y voit, près de la côte, une voûte de glace qui a plus de 24 kilomètres de longueur, sur 40 à 120 mètres de large. Au changement des saisons, on entend sous cette voûte immense, des craquements tellement forts, qu'ils ne peuvent être comparés qu'à une détonnation d'artillerie. L'hiver, dans cette horrible contrée, dure environ huit mois. Les tempêtes y sont d'une violence dont on ne peut se faire une idée. Les animaux les plus communs sont les rennes, les lièvres blancs, les renards rouges et noirs, les énormes ours blancs, des chiens qu'on attelle aux traîneaux ; la mer est peuplée de baleines, de phoques, de marsouins ; on y voit de nombreux oiseaux de proie.

Les naturels du Groënland sont des Esquimaux dont l'origine paraît la même que celle des grands et des petits Esquimaux du nord-ouest de la mer d'Hudson, du Labrador, du Kamtschatka, etc. Une partie a embrassé le christianisme, et a appris des Européens quelques professions utiles, sans cependant se soumettre à aucune loi. Les Groënlandais sont doux et pacifiques ; cependant la superstition les rend quelquefois cruels ; on les a vus tuer des femmes qu'ils regardaient comme sorcières, et auxquelles ils attribuaient tout le mal qui leur était arrivé. Quoique sobres en fait de nourriture, ils le sont peu pour les boissons spiritueuses, et sont capables de grands excès dans leur ivresse. La fabrication de leurs bateaux et de différents objets dont ils se servent pour la chasse, la pêche et leur ménage, témoigne qu'ils ne manquent pas d'adresse. Les Danois sont les seuls Européens qui aient formé dans le Groënland, des établissements, dans le but principal d'y faire commerce. Les autres nations y envoient des navires pour la pêche de la baleine.

En se dirigeant vers le nord-est, après avoir doublé le cap Farewell, extrémité méridionale du Groënland, on découvre l'ISLANDE.

Tout, dans la constitution physique de cette île, semble étrange et sauvage; la surface en est hérissée de montagnes escarpées, volcaniques, couvertes de glaces et groupées confusément; les côtes sont découpées par de nombreuses et profondes échancrures.

Le climat de l'Islande est froid en général, mais non pas autant que sa latitude pourrait le faire croire, l'année s'y divise en deux saisons, l'été et l'hiver : le premier dure de la mi-mai à la mi-septembre. Pendant l'hiver, les côtes sont prises par les glaces. On y voit souvent des météores; les aurores boréales, qui y sont fréquentes, sont accompagnées d'un bruit semblable à celui que produit une machine électrique en mouvement. Le *Hræ-vra-eld*, est une sorte de lueur phosphorique qui voltige non seulement sur les marais, mais encore sur la mer en temps d'orage. Enfin les illusions du mirage s'y rencontrent fréquemment.

Les Islandais confectionnent eux-mêmes tout ce dont ils ont besoin, les femmes sont très industrieuses. Les habitants se tiennent sur les côtes et mènent une vie très triste. Vous croirez peut-être qu'avec leurs chétives pommes de terre, leur poisson cru et séché, et leur beurre rance, ils envient la nourriture de nos climats, détrompez-vous, ils sont heureux de leur condition; le fracas des volcans, les tremblements de terre ne sont pour eux que des objets de distraction et rien ne pour-

rait leur faire abandonner leur île chérie : le petit
nombre de ceux qui sont venus en Danemark se sont
hâtés de rejoindre leur foyers, malgré les séduisantes
promesses des négociants de Copenhague. Il est vrai
que chez eux aucune espèce de tyrannie ne les atteint.
Leur caractère dominant est la franchise et la douce
gaîté. Si leurs habitations nous paraissent bien mes-
quines, et semblables à des huttes enfumées, le con-
tentement, la vertu et la paix y demeurent.

Le point le plus remarquable de l'Islande est l'HÉKLA,
montagne et volcan au sommet duquel on parvient
facilement en été depuis sa dernière éruption, en 1766.
On compte de 1004 à 1766, vingt-deux éruptions de
ce volcan, qui ont dû être fort considérables, si l'on
considère la vaste quantité de matières volcaniques répandues autour de cet ignivome. Le sol, aux environs
immédiats des cratères consiste en un amas de poussière, de pierres déliées et de cendres, mais il n'offre
point de lave; celle-ci existe à une grande distance
dans les autres parties de la montagne, et forme beaucoup de crevasses et de cavernes dans lesquelles les
habitants mettent leurs bestiaux à l'abri. Il sort une
vapeur chaude de diverses petites ouvertures près du
sommet qui est élevé de 1013 mètres au-dessus du
niveau de la mer.

Depuis 1397, l'Islande est soumise au Danemark.

L'article du commerce de l'île le plus important est
l'édredon.

REYKJAVIK, ia capitale, n'a que deux rues, des maisons en bois, mais une église en pierre et assez vaste.

Le SPITZBERG, tire son nom de la disposition des rochers dont il est couvert, c'est là que le jour est de cinq à six mois pendant l'été, et la nuit de même durée, pendant l'hiver. Vers la pointe nord-ouest, on trouve les restes des établissements hollandais, abandonnés depuis plus d'un siècle. Les Russes ont dans cette ile plusieurs postes pour la chasse des rennes, des renards et autres animaux à fourrures.

Quittons ce séjour glacial, pour venir rejoindre les côtes nord de l'Europe, mais ne traversons pas la mer glaciale sans nous occuper de l'un des dons les plus précieux de la nature, une des sources les plus abondantes de la prospérité publique : les HARENGS. Ces poissons quittent, en légions innombrables, au commencement de chaque année, la zône glaciale, les uns se dirigent vers les côtes de l'Amérique et la plus grande masse se rapproche de l'ancien continent. Leur marche est assez lente, car ce n'est que vers la fin d'avril, ou au commencement de mai, qu'elle atteint les îles Schetland. En poussant sa route vers le sud, elle vient à l'entrée de la mer Baltique, et s'engage en partie jusqu'au golfe de Bothnie. Tandis que le reste de la colonne longe les côtes du Danemark, de la Hollande, de la France, entoure la Grande-Bretagne et l'Irlande, et après une courte apparition sur les côtes d'Espagne, gagne le large et se soustrait aux atteintes des pêcheurs.

Il est extrêmement probable que ces mouvements si bien réglés sont déterminés par des besoins impérieux ; tels que ceux qui obligent les saumons, les aloses, etc., à quitter la mer pour remonter les fleuves, et revenir ensuite à leur séjour habituel. La multiplication des harengs est une merveille des plus étonnantes, car, malgré les pertes que leur font éprouver d'innombrables ennemis et les filets des pêcheurs, on ne s'aperçoit point qu'ils deviennent plus rares.

On a prétendu que leurs migrations annuelles sont soumises à une discipline rigoureuse, que leurs évolutions étaient dirigées par un ou plusieurs chefs que l'on a décorés du nom de *harengs-royaux;* ce qui est certain, c'est que les mouvements des bandes de harangs sont réglés par les saisons.

Les écailles des harengs sont phosphorescentes, en sorte que les bandes de ces poissons rendent la mer lumineuse pendant la nuit, et les indiquent aux pêcheurs.

« L'histoire de la pêche aux harengs est très instructive; elle offre un exemple encourageant du pouvoir de l'industrie, de l'influence qu'elle exerce sur la propriété et l'avenir des nations. » Les *buyses*, bateaux pêcheurs hollandais, ont mis le gouvernement dans une position respectable en lui fournissant les moyens de construire des vaisseaux de guerre avec des matériaux que le territoire ne produisait pas, d'entretenir une flotte nombreuse, de former de grands et profitables établissements. Suivant un dicton Hollandais, *Amster-*

dam est fondée sur des arêtes de harengs. La pêche, commencée dans ce pays au douzième siècle, y prit une si grande faveur. qu'au siècle suivant les Hollandais allaient pêcher jusque sur les côtes de la Grande-Bretagne, et au commencement du dix-septième, deux mille bâtiments étaient employés à cette exploitation.

Les Anglais se décidèrent enfin à puiser à la même source, et ils se réservèrent la pêche sur leurs côtes, partageant avec les Hollandais celle qui se faisait dans les mers du nord. Les débouchés commerciaux furent aussi partagés sans que l'on eût à se concerter sur cet objet : le produit des pêches anglaises s'écoula vers le sud, tandis que les harengs de Hollande étaient débités vers le nord. Les Français, toujours prompts lorsqu'il s'agit d'entreprendre, et sachant moins préserver après avoir commencé, furent véritablement les précurseurs des Hollandais ; car, dès le neuvième siècle, des vaisseaux sortis de Dieppe, allèrent prendre des harengs dans la mer du nord, et les rapporter salés et encaqués. Cette expédition fut remarquable, puisque l'histoire en a conservé le souvenir ; mais elle n'eut pas de suite. Après un oubli complet de plus de sept cents ans, il fallut que l'exemple et les succès de nos voisins nous remissent sur la voie et nous rendissent le mouvement ; mais nous arrivions trop tard, les meilleurs postes étaient occupés. Les pêcheries françaises sont bornées au commerce intérieure, dont les demandes sont satisfaites par une exploitation médiocrement étendue. Le Danemark et la Suède n'excèdent pas nou plus les besoins de leur consommation, en sorte que les Anglais et les Hollandais jouissent paisiblement du monopole de l'exportation des harengs, ce qui occupe leurs vaisseaux et leurs marins lorsque les pêches sont terminées. Un autre avantage attaché à cette sorte de monopole, c'est que l'art de préparer le poisson est trop négligé chez les peuples qui n'exploitent les pêcheries que pour eux, au lieu qu'en Angleterre, et surtout en Hollande, il atteint la perfection dont il est susceptible

La pêche du nareng occupe des flottes entières et entretient des milliers de pêcheurs, de saleurs et de commerçants. En général, on emploie à cet usage des filets de 1000 à 1200 mètres de long, dont l'un des bords est garni de plomb pour le faire tomber vers le fond, tandis que l'autre est fixé à de petits barils vide afin de le faire flotter, et de maintenir ainsi le filet dans une position verticale : les harengs qui le rencontrent cherchent à forcer l'obstacle qui s'oppose à leur marche, engageant leur tête dans les mailles, dont la grandeur est calculée de façon à leur permettre de s'y enfoncer jusqu'aux ouïes sans laisser passer les nageoires ; ils restent ainsi accrochés, et lorsque les pêcheurs jugent qu'une quantité suffisante de poissons s'est *maillée*, on tire le filet à bord. Presque aussitôt après leur sortie de l'eau, les harengs meurent, et pour les conserver on les sale, et quelquefois on les fume : on les connaît alors sous le nom de *harengs-saurs*. Les ports de la France où l'on s'occupe le plus de cette

pêche sont : Dieppe, Fécamp, Saint-Valéry, Boulogne
et Dunkerque.

Je vous citerai seulement la NOUVELLE-ZEMBLE, grande
terre dépendante de la Russie d'Europe et séparée du
continent par le détroit de Kara. C'est une contrée
inhabitée, d'un aspect horrible, fréquentée seulement
par des chasseurs et des pêcheurs Russes. Chaque navire
porte, indépendamment de ses instruments de pêche et
de chasse, le bois nécessaire à la cuisson des aliments
et au chauffage, ainsi que de la farine; du reste ce pays
fournit du gibier et du poisson en abondance.

En revenant vers le Sud on passe devant le cap Nord,
point le plus septentrional du continent Européen.

Je ne vous parlerai pas, mes chers enfants, des pays
qui appartiennent à la partie du monde que nous habi-
tons, ils sont plus connus que ceux que nous venons de
parcourir, et les choses remarquables y sont en trop
grand nombre pour que je puisse le décrire dans ce
simple récit d'une course rapide autour du monde.

FIN.

Limoges. — Imp. Eugène ARDANT et Cⁱᵉ.

www.ingramcontent.com/pod-product-compliance
Lightning Source LLC
Chambersburg PA
CBHW051548280626
47162CB00021B/1627